セシル文庫

# ヘタレ社長と豪邸ちびっこモデル付き

森崎結月

イラストレーション／蘭 蒼史

ヘタレ社長と豪邸ちびっこモデル付き◆目次

# ヘタレ社長と豪邸＋ちびっこモデル付き

# ◇1

（事務所の住所は……ここで合ってるよな？）

奥村凛音《おくむらりおん》はメッセンジャーバッグに一通の履歴書を携え、雑居ビルが建ち並ぶ場所をきょろきょろと見回した。

時計はまもなく午後一時を回るところ。桜並木の街路樹が植えられたオフィス街は、ランチに出かける会社員などの姿がちらほらと見られた。

凛音が所属している劇団の先輩から、日払い制のバイトで割のいい案件があったという話を聞いたのが三日ほど前。

ところが、先輩が公演で捻挫《ねんざ》をしてしまったため、急きょピンチヒッターを頼まれたのだ。

先輩とはシェアハウスで一緒に暮らす仲だし、劇団に入った頃からお世話にもなっている。もちろんバイト代が貰えるということで、凛音は快諾《かいだく》した。

バイトの仕事内容は、パルファムというファッション雑誌の読者モデルとして写真撮影をしてもらうことらしい。容姿に自信があるわけではなく、私服のセンスがいい方だとも言えないのだが、一回の撮影参加で十万円が支払われるという条件を提示されれば、飛びつかない理由はなかった。

なにしろ舞台俳優一本でやっていくために、肩書きを気にして在籍していた大学を三年目に中退したばかりで、アルバイトを複数かけもちでなんとか暮らしている二十歳そこそこの若者である。

駆け出しの劇団員のギャラなどたかが知れていて、まともに一人暮らしできるような金額はもらえるはずもない。むしろ勉強代を差し引かれてもいいぐらいだ。だから割のいいバイトの代役は凛音にとってもありがたい話だった。

問題は容姿なのだが――。

(まぁ、ファッション雑誌だし、なんとか雰囲気イケメンで乗り切るしかないよなぁ)

自嘲ぎみにそう言い聞かせて、目的地へと向かう。

凛音の長所はポジティブ思考なところ。短所はお人好しなところなのだった。

似たり寄ったりのオフィスビル群の中から、ひときわ洗練された建物に目をつける。

(ここか？　すげー……立派なビル)

ポケットからスマホを取り出し、地図アプリが示すビルと一緒であることを確認する。ビルの中にはプレシャスという芸能事務所の専用スタジオが入っているらしい。さっそく凛音は自動ドアの向こうに足を踏み入れた。

「――すみません。雑誌モデルのアルバイトで伺いました、奥村と申しますが」

受付係に名前と用件を告げると、すぐに担当者に連絡を入れてくれて、それからスタジオの前まで案内してもらった。

「こちらがスタジオになります。中で関係者がお待ちしておりますので、どうぞ直接お声がけください」

「ありがとうございます」

凛音が礼を言うと、受付の女性は恭《うやうや》しく頭を下げて立ち去った。スタジオの中にはどんな人たちがいるのだろうか。知らない現場だと思うと、だんだん緊張してくる。

扉を開ける前に、もう一度身なりを整えてからドアノブに手を伸ばそうとしたそのとき、突然扉の方が先に開き、凛音はぎょっとする。

「わっ」

崩しかけた体勢を引き戻すと、いい香りがふんわりと鼻腔《びこう》をくすぐった。つられて顔を上げると、長身の男と目が合った。

「おっと、悪い」

凛音も謝ろうとしたのだが、とっさには声が出なかった。

男は上背があり、手足がすらっと伸びていて、ダブルスーツが良く似合っている。切れ長の二重の双眸といい、整った鼻梁《びりよう》や形のいい唇といい、その端正な顔立ちがあまりにも完璧すぎて、見惚れてしまったのだ。

（すごい美形だ……どこかで見たことなかったっけ？　有名なモデルだったかな？）

凛音はぞくっと身震いをする。例えるのなら、フェロモンをむき出しにした雄の獣に遭遇した気分だった。

セクシーという言葉はこの人のために作られたものなのではないかとすら思えてくるような、えもいわれぬ色っぽさが彼にはある。それでも、遊んでいそうな感じはしないし、清潔感がちゃんとあって、粗野ではなく品がよい。

「えっと、何か用事だったかな？」

男にじっと見つめられ、凛音はハッと我に返った。

「す、すいません」

頬に熱が走る。ばったり会った関係者かもしれない人間をじろじろ品定めしている場合じゃないだろう。

（落ち着けよ、オレ。年上の知らない男相手にときめいている場合か！　バイトバイト！）

別にいやらしい下心があったわけじゃない。ただ格好いいなと思っただけだ。心の中で凛音は弁明《べんめい》する。

耳まで熱くなりつつあった顔を隠すように俯くと、逆に顔を覗き込まれてしまった。

「君、見かけない顔だね。新しくスカウトされた子？」

食い入るように尋ねられ、えっと、俺、凛音はしどろもどろ説明する。

「失礼しました。雑誌モデルのアルバイトに伺ったんです」

「ああ、そっか。雑誌モデルの……というと、パルファムかな」

と言いかけて、男は凛音をじっと見つめる。

「ちなみに、君の名前を聞いてもいいかな？」

「奥村凛音です」

「奥村くん、急ですまないが、別の代役を頼まれてくれないかな」

「別の代役……ですか？」

なぜ男がそんなことを言い出すのかと戸惑っていると、男は思い立ったようにスーツの内ポケットに手を忍ばせた。

「ああ、申し遅れたね。僕は、芸能プロダクション、プレシャスエンターテインメントの代表取締役、桐谷雅人《きりたにまさと》だ。以後、よろしく」

目の前に名刺を差し出され、凜音は慌ててそれを受け取り、紙片に綴られた肩書きと名前を確かめた。

芸能プロダクション・プレシャスエンターテインメント代表取締役社長、桐谷雅人。

「社長、さん……！」

（うわ、マジで？　この人が社長……!?）

新進気鋭の若手社長とは聞いていたが、三十代そこそこっぽい若さに驚き、あらためて身を引き締める。

彼のことをモデルと一括《ひとくく》りにするには、ちょっと違う気がしていた。きっと、第一印象で抱いた彼の雰囲気はステータスが魅せる男らしさだったのだろう。どうりで、と凜音はひとり納得する。

「さっそくだが、控室の方に移動してもらえるかな？　詳しくはそこで説明させてもらうよ。雑誌モデルの件は担当の方に話を通しておくから」

「は、はい。わかりました」

トップから直々《じきじき》の命令が下ったのであれば、従うほかないだろう。

「急な変更ですまないね。あ、その代わり、給料は雑誌アルバイトよりも弾《はず》ませてもらうよ」

桐谷はそう言って、ウインクをする。気障《きざ》な仕草のはずなのに、彼がやると、様になっていて、少しのいやみも嫌悪も感じさせない。イイ男は何をするにも他とは違うんだなと感服する。気さくな人柄も好感が持てるし、さぞかし彼はモテることだろう。

しかし、場の雰囲気に流されてうっかりOKしてしまったが、おいしい話にのって良かったのだろうか。一抹《いちまつ》の不安を抱きつつも、凛音は彼に従うしかなかった。

「じゃあ、こっちに来てもらえるかな。控室にヘアメイク担当とスタイリスト担当のスタッフがいるから案内するよ」

「は、はい」

とりあえず桐谷に言われるままついていったのだが……すぐに凛音は後悔することになった。

「え、ちょっと待ってください。代役って女装……なんですかッ!?」

男にしてはやや高めの凛音の頓狂《とんきょう》な声が、控室に大きく響きわたる。目の前には、女物の衣装とウィッグ、それからメイク道具が広げられていた。

「すみません。実は、他社に所属するモデルさんが急に降りると言い出してしまって」

ヘアメイク担当の矢野《やの》という女性が申し訳なさそうに眉尻《まゆじり》を下げ、鏡越しに謝罪した。

「……」

凛音はあまりのことに言葉を失った。

「カメラマンの腕は一流です！　ちゃんと綺麗に撮りますから、そこはもう、安心してください！」

張り切って言う矢野の様子に、凛音は顔を引きつらせた。

「いや、そういう問題じゃないですよね……これは」

「で、ですよね」

矢野はしょんぼりした表情を浮かべる。

彼女を責めるのは筋違いだとわかっている。でも、凛音は納得できなかった。

やっぱりおいしい話には何かがあるのだ。逃げたのはモデルだけでなく、あの男前の社長……桐谷も、だ。

凛音を部屋に案内してスタッフを紹介するやいなや、ヘアメイクやスタイリストなどのスタッフにすべてを任せて、忙しそうにさっさと出て行ってしまったのだから。

『女装』しなければならない事情を知らされたのは、その直後のことだった。してやられたという感じだ。

（マジ……か）

男に代役をやらせなければならない程、切羽詰《せっぱつ》まった現場とは一体どうなっているのか。凛音の中にこれまでにない焦りが生まれはじめた。破格のギャラを天秤《てんびん》にかけても、やっぱり断るべきじゃないのか。

「やっぱり俺――」

断ろうとする凛音の声を遮り、矢野は必死に話を繋げようとする。

「待ってください。ええっと、じゃあ、紀里谷《きりたに》トワちゃんはご存知ですか？」

「紀里谷……って、子役モデルで売り出し中の、エンジェルちゃんって言われているあの子……ですか？」

テレビやCMに引っ張りだこの『エンジェルちゃん』こと紀里谷トワは人気子役モデルだ。最近はどこのメディアもこぞって彼女の話題ばかり取り上げるようになった。知らない人の方が少ないだろう。

「そのエンジェルちゃんが共演者なんですよ」

「え!?　そうなんですか？」

「はい」と満面の笑顔で答えたあと、矢野は言葉を濁《にご》す。

「はい。ですが、少々問題があって……」

「問題って？」

凛音はおそるおそる問いかけた。

なんだか嫌な予感がする。

「内々の事情ですので、どうか見知ったことは他言しないでいただきたいのですが、トワちゃんが……モデルの女性を気に入らないといって、なかなか撮影が進まないんですよ。時にはモデルさんを怒らせてしまうこともあったり……だから、女装映《ば》えしそうな奥村さんは、救世主なんですっ！」

矢野が必死に説得にかかる。凛音はますます顔を引きつらせた。

「はぁ。そういうことだったんですね……」

一応、二年程前から劇団に所属し、芸能といわれる分野に身を置く凛音だが、華やかな芸能界の内部の事情には疎い。

ドラマとかドキュメンタリーで子役タレントのそういった場面を見たことがあるが、面白おかしく盛っているだけだと思っていた。だが、リアルにあるらしい。

三歳でそれでは……末恐ろしい。幼い頃から芸能界に身を置くと、三歳児ですら天狗《てんぐ》になるものなのだろうか。

三つ子の魂百までというが、紀里谷トワの将来はいったいどんな大物になるのやら、と余計な心配をしてみる。

紀里谷トワにしてみれば、あさっての自分の生活すらも危《あや》うい駆け出しの舞台役者にとやかく言われたくないかもしれないが。

「今回の撮影は飲料メーカーのＣＭ撮影なんですが、クライアントの都合もあって、もうこれ以上は延期できないスケジュールでしたから、代役が見つかってほんとにほんとにホッとしました。他にもう誰も頼めない状況なんです。ですから、どうかお願いします。社長には絶対って言われているし、ここで逃げられたら、私クビになっちゃいます」

藁《わら》にも縋《すが》るような目で見られて、凛音は空笑《からわら》いをするしかなかった。

男性向けファッション雑誌のモデルの代役をするはずだったのに、まさか女装する羽目《はめ》になるとは思わなかった。

しかも、飲料メーカーのＣＭだというのだから驚きだ。大した役者にもなれていないのに、女装したニセモノが先にスクリーンデビューとは、なんたる皮肉だろう。

「あっ、女装していただくのはもちろんなんですが、ほんとうに心配しないでください。トワちゃんメインで、奥村くんが映るのは横顔だけですから！　知人の方が見られても、絶対に気付きませんよ」

自信満々に、矢野が言う。

「絶対って言いましたね？」

凛音は念を押すように聞いた。

「はい、絶対です」

矢野がきっぱり断言する。後ろに控えていたスタイリストの佐藤という女性もうんうんと頷く。凛音の口からはため息がこぼれた。

もう現場は動いているようだし、ここまできて断ることはできそうにない。誰の代役なのか確認しなかった自分にも非があるのだ。身勝手なことをして、現場を乱すのは避けたい。

「……っわかりました。僕に務まるなら」

「よかったぁ！　じゃあ、さっそく綺麗に仕上げますからね」

（もう、どうにでもなれ……！　こうなったら開き直るしかないだろう）

凛音は、鏡の前で女になっていく自分をやるせない想いで眺めた。ヘアメイクの技術はおそろしく優れていた。たしかにこれなら、女にしか見えない。

ついでに思い返せば、自分の恋愛対象が女ではなく男であるとはっきり自覚したのは、高校一年生の夏頃だった。が、女装は趣味じゃないし、オネエになる気はない。まして三歳児の母親にだってなる気はないのだが。

でも、いくら嘆《なげ》いても後の祭りなのだ。なんとか数時間やり過ごすしかない。

（バイト代のため……生活するため……）

凛音は心の中で唱え続けた。

それから三十分後――。

花柄のマキシ丈《たけ》ワンピースを着せられ、巻き髪のカツラをつけ、ばっちりメイクをした自分が鏡に映った。

「できました。奥村くん、線が細くって、肌が綺麗だからメイクがとっても映えて、衣装もすごく似合ってますよ！」

矢野が絶賛すると、

「わお、ビバ！　女装男子！　ううん女装王子だわ！　も～予想以上に素敵！」

鏡越しに目が合ったスタイリストの佐藤まで、大げさな声のトーンで褒めたたえるものだから、胸のあたりがむずがゆくなった。

「はぁ、どうも」

女性陣がきゃあきゃあ言うので、凛音は照れくさくなり、そっけなく返す。

「クールなツンデレもいいですね！　このままプレシャスの専属モデルになっちゃったらいいのに」

「いやいや、それは勘弁してください」

正直、ヘアメイクのプロの腕にかかった自分は、イケてるかもしれないと思ったのだが、褒められて喜ぶのはなんか違う気がする。なんていったって『女装モデル』なのだから。獲物に逃げられないように、その気にさせようという魂胆《こんたん》くらいはわかる。

スタジオに入る前にイケメンの社長に出会ったことは、同時に運の尽きでもあったわけだ。下心を抱いたうえに金に目が眩《くら》んだ報《むく》いがこの状況だったりして。そう考えたら、乾いた笑みがこぼれた。

「では、さっそくスタジオの方に行きましょう。あ、歩き方、一応、気をつけてくださいね」

「っ、わかりました」

マキシ丈のスカートで足元が見えないとはいえ、外股《そとまた》で歩くと不格好だ。それこそ見た目以上に女になった気分を意識しないといけないかもしれない。

あらためて自分の全身を確認すると気色悪い。

(うっわー。先輩には絶対に言えないな、これ……どうするんだ)

しかし引き受けたことを後悔している暇はもうなかった。時間が押しているらしく、急ぎ、矢野に案内され、控え室からスタジオにうつった。すると、すぐ別の方からもスタッフの声が響きわたる。

「紀里谷トワちゃんがスタジオに入りました」

重厚な機材が置かれ、たくさんのスタッフがいる現場はたちまち緊張感が高まる。凛音は肌がちりちりと粟立つのを感じた。それは、昔舞台に魅せられたときにも感じたことがある、本能的な感覚だ。

どれほど大物の子役モデルなのか、好奇心と不安が綯《な》い交《ま》ぜになった気持ちで待機していると、ようやく紀里谷トワの姿が見えてきた。

大勢の大人を従えて、はっきりとした足取りでやってくる幼い女の子は、世間から『エンジェルちゃん』と呼ばれるだけあって、純真さをうかがえる愛らしい容姿をしている。

抜けるような色白の肌に、ぱっちりとした大きな瞳、薔薇の蕾《つぼみ》のような唇……。

女の子らしく結われたツインテールの髪を上品にゆらゆらさせる様子は、蝶よ花よと可愛がられている深窓《しんそう》のご令嬢のようというべきか、ビスクドールのようと形容すべきか。

とにかく周りの人を一瞬にして虜にしてしまう魅力を持っている。

可愛い天使の登場で、ほんわりと傍観者になり果てていたら、トワが突然きょろきょろと顔を動かす。そして彼女は淡いピンク色のワンピースをひらひらさせながら、軽やかな足取りで凛音の目の前に立った。

目の前でビー玉のような丸い瞳にじいっと見上げられ、凛音は戸惑う。

「えっ……と……」

子役モデル相手にはどんなふうに挨拶をすべきだろうか。

一瞬、考え込んでしまい、緊張のあまり、そこから頭が真っ白になった。

「……トワの、ママれしゅか？」

ミニピアノの音色のような涼やかな声で問われ、凛音はハッとする。

「えっ……えっと、うん、そ、そうだよ」

「だっこ、してくらしゃい」

舌足らずであったが、それでもはっきりとした口調で、紀里谷トワは言った。

その瞬間、現場がどよめく。

「珍しいわ。トワちゃんがすぐに抱っこをせがむなんて」

矢野が思わずといったふうに口元に手をやった。

凛音は可愛らしい天使を前に、一瞬、怯《ひる》んだ。若干三歳にしてその視線といったら、まるでライバルに勝負を挑《いど》むような力強さがあったからだ。

(今どきの三歳児って、こんなに発達してるのか？　こんなもんか？)

「じゃ、じゃあ、おいで」

身を屈ませて両方の手を伸ばしてみる。だが、トワは首をふるふると振った。

「だめよ。トワをだっこ、しゅるのよ」

だから今そうしようとしているんじゃないか、と困惑しつつ、凛音は自分からトワを怖々《こわごわ》と抱き上げる。すると、彼女のマシュマロみたいな白い頬がふんわりと丸くなった。

（あ、そっか。ママの方から抱っこしてほしかったってこと？）

トワの肌から砂糖菓子のような甘い香りがする。身体が華奢《きやしゃ》でやわらかい。人形のように可憐な彼女だけど、もちろん人形とは比べ物にならない抱き心地だ。女の子がこんなに柔らかい生き物だと生まれて初めて知ったかもしれない。

「って……くすぐった」

危うく落としそうになって血の気が引き、ハッとする。見れば、胸のあたりを弄《いじ》られていたのだ。

「な、何して……」

胸というか乳首を探すように指を滑らせる。その手つきに困惑し、かあっと頬に熱が走る。

「……おっぱい、ママじゃない」

「そ、それは」

当然だろ！　と凛音は赤面しながら、心の中で叫ぶ。

「オレっ……いや、僕……男っ……」

と反論しかけて、トワにバラしていいのかわからず、狼狽《ろうばい》した。

「ちゃんと、ママになってくだしゃいね」

トワの無邪気な発言に、どっと笑いが起こる。すっかり翻弄《ほんろう》されてしまい、凛音はきまり悪くて仕方ない。おかげで耳まで熱い。

（なんの罰ゲームだよ……）

……と、そこへスタッフたちの波をかきわけ、マネージャーらしき女性が慌ててやってくる。そして、女性は息を切らしながら、凛音に頭を下げた。

「すみません。今回はトワがお世話になります。実は、トワにはママモデルの代役がキレイな男の人だって話してあるんですよ」

「そうだったんですか」

と言いつつ、トワを見る。すると、トワはツンと顎をあげた。もしかして、凛音が男であったことが気に入らなかったのだろうか。

「続けて、大丈夫なんですか？」

おそるおそるといったふうに問いかけると、トワがぎゅうっとしがみついてくる。

「だいじょうぶよ、ママ。きれいよ？」

天真爛漫《てんしんらんまん》な笑顔に、まわりがデレデレしているのが伝わってくる。

凛音はひとり三歳児相手にたじたじだ。

（落ち着け。うちの弟三人衆を相手にしてると思えばいいじゃんか）

そう、別に凛音は子どもが苦手なわけじゃない。少子化といわれる今の世の中、奥村家は大家族で、子どもたちは七人きょうだいだ。

年の離れた姉が三人、下には弟が三人、ちょうど真ん中で育った凛音は、よく世話係を任されていた。だから、子どもに不慣れということはない。

しかし、怖くてわがままな姉たちや、賑《にぎ》やかな弟たちとは全然違う、やわらかい女の子の存在をどう扱っていいかわからないのだ。

トワは動揺している凛音をよそに、大人顔負けの表情で、大仰にため息をついてみせた。

「いいの。トワは、ふちゅうが、すきよ」

「普通？　ふつうっていうのは……どういうこと？」

凛音が考えあぐねていると、トワが自分の頬を両手で包んで、にこっと微笑んでみせた。

「こうして、にこにこして？」

「こ、こうか？」

笑おうと思うと、無意識に顔が引き攣る。

「ううん、とっても、ちがうわ」

腰に手をあててツンとするトワは、大女優気取りだ。

「えっと、こ、こうかしら？」

口調を女性っぽくしたら、トワはころころと鈴の音《ね》のような声を立てて笑った。

「とっても、へんね」

真顔で言われると、中途半端な演技をした自分の浅ましさが浮き彫りになり、いやになる。

「……くっ」

「でも、しょれでね、あなたはいいの」

なんだか、すっかりおもちゃ扱いされているような気がする。

屈辱的なものを感じ、むっとする凛音だったが、周りに生温かい空気が漂っているのを悟り、首から上へと熱が上昇する。

（くそ～……！　俺は、女装はしてもオネエにはなる気ないからなっ！）

「あ、社長」

トワのマネージャーが声をあげる。周りのスタッフにも緊張が走った。社長の桐谷がスタジオに入ってきていたのだ。

凛音とトワを見つけた桐谷は、代役が務まりそうな空気を察して、ホッと胸を撫で下ろしたようだった。

諸悪の根源はあの人だ。ちゃんと説明があれば、心の準備だってできたのに。凛音は恨めしい視線を向ける。

「では、撮影に入ります！　スタンバイ」

カメラマンが声を張り上げる。

凛音は途端に緊張して、落ち着け、落ち着け、と心の中で唱えた。駆け出しの新人とはいえ、仮にも劇団に所属している舞台俳優なのだから、演技ぐらいまともにこなせなければ。

「奥村くん、いい？」

側に控えていた進行担当のスタッフに声をかけられ、凛音はふっと肩の力を抜いた。

「……っ……はい」

「ママ？　だいじょうぶ？」

腕の中に抱いた少女の円らな瞳に見つめられ、凛音は微笑んだ。

「うん。だいじょうぶよ」

とりあえず、撮影がはじまるのだから、恥ずかしがっている場合ではない。自分の失敗が周りに迷惑をかけてしまうのだから。ここは自分が配役をもらった一つの舞台だと思おう。

半人前だが気持ちだけはプロ根性で、どうにか望まれる『ママ』になりきると、トワは満足そうににっこりと笑顔を咲かせてくれた。

「いいね、その表情を続けて！」

カメラマンからも褒められ、次の指示の声が飛ぶ。それに従い、凛音は『ママ』になりきって演技を続けた。

撮影中のことは、正直テンパっていて、よく覚えていない。とにかく言われるまま動いていたという感じだ。

トワはというと、三歳という年齢ならしたいようにして撮られているのかと思っていた。だが、全然違った。きちんとカメラを意識した表情やポーズをとるのだ。

おしゃまな女の子とはこのことを言うのだろう。だが、それだけじゃない。望まれたとおりに応えようとする。彼女の場合は完全なプロである。撮影の間、終始リードされていたのは凛音の方だった。

（いいんだよ、俺は。横顔だけなんだから、笑顔で彼女だけ見ていれば）

……という想いさえ、彼女に見透かされていそうで焦った。

そんな凛音と正反対に、若干三歳の子役モデル『エンジェルちゃん』こと『紀里谷トワ』は、最後まできらきらした眩い笑顔を見せていた。

「――はぁ。マジ、疲れた……」

撮影が終わったあと、凛音は関係者にお礼を言って控室に戻ったのだが、立ち上がる気力がないほど疲弊《ひへい》していた。スタッフからの差し入れであるお茶のペットボトルを握りしめ、椅子にだらりと腰を下ろし、しまいにはテーブルに突っ伏す。

もしかしたら劇団のベテラン女優と共演したときよりも気を使ったかもしれない。

小さな子相手だと勝手が分からないし、トワの要求に応えるのが想像していた以上に難かしかった。髪のかきあげ方、首をかしげるタイミング、などなど、とにかく細かくて、気に入らないときは、とことんNGを出す。

あれだけ注文が多ければ、モデルが降りたがるのも無理はないかもしれない。

だんだんと彼女のしたいことがわかるようになってきた頃に撮影終了の合図が出たものだから、凛音はひとり消化不良を起こしている感じだ。

（まあ、いっか。とりあえず無事に責任は果たせたんだし）

これから日払いのアルバイトの契約書を交わすために事務担当がやってくるらしく、それまでここの控室で待機してほしいと言われている。

時間は、まもなく十八時半を回るところだ。気が抜けたら腹が減った。このあとはどうしようか。ストレスを発散させるために、帰りにカラオケ店にでもよって発声の練習でもしようか。そう考えていたときだった。

トントンとノックの音が響き、辛《かろ》うじてといったふうに返事をすると、ドアが開いて誰かが入ってくる。

「やあ、奥村くん、今日はモデルの撮影、お疲れ様」

にこやかに微笑むその人は、社長の桐谷だった。彼の顔を見た瞬間、反射的に凛音の背筋がぴんと伸びる。

「社長……っ……えっと、お疲れ様です」

弾かれたように椅子から立ち上がろうとすると、桐谷が手で制止する。

「いいんだよ。そのままでいて。失礼するよ」

桐谷はそう言い、凛音の目の前の席に腰を下ろす。凛音はせめて椅子を引いて、改めて姿勢を正した。

「本当に今回は助かったよ。代役を引き受けてくれてありがとう」

「いえ。お役に立てたかどうか……ものすごい……不安なんですが」

桐谷の甘い声に癒されつつも、トワのスパルタ的な要求を思い返すと、げんなりしてしまう。

そんな凛音の様子から何かを悟ったのか、桐谷は小さく笑い声を立てた。

「いやいや、あそこまでトワについていける人はなかなかいないんだよ。本当に感謝してる」

撮影中、桐谷にずっと見られていたのだ。そう思うと、恥ずかしくなってくる。

「実は……君にお願いがあるんだ。次もモデルの仕事を頼むことはできないかな？」

「えっ……」

羞恥で赤らんだ頬の熱が、一瞬でさっと引いた。

「厚かましいのを承知で、お願いするよ。君しかいないって思ったんだ」

あからさまにいやな顔をするつもりはなかったのだが、どうやら表情にも出てしまっていたらしい。

桐谷が申し訳なさそうに眉尻を下げ、凛音の様子を窺う。

その姿が、迷子になって困った大型犬が救いを求めているようにも見えて、母性本能をくすぐられるかのような、妙な気分を味わう。

「……うっ」

言葉に詰まると、桐谷が顔を覗き込んでくる。

「どうしても、ダメかな？」

「……いや、どうしてもダメ、というわけでは……ないんですが、でも……」

喉の奥にたまったざらついたものを流し込むみたいに、しどろもどろに返事をする間、凛音は何かいい言い訳はないだろうかと必死に考えた。だが、すんなり出てこない。

「今のままじゃ、次のママモデルにも降りるって言われるだろう。今日は本当に奇跡みたいに順調だったんだよ。途中でトワが演技をしなくなるということもなかったしね。スタッフ全員が安堵した顔をしていた」

「は、はあ」

それは良かったですね……と心の中で頷く。

「トワがそうやってじょじょに慣れてくれれば、次からも評判を聞いたモデルさんが来てくれるかもしれない。だから、その間の……短期間でいいんだ。もう少し君に協力を頼みたい。前向きに検討してもらえないかな？」

桐谷には相手にノーと言わせない雰囲気がある。それは、けして威圧的ということではない。彼から滲み出る人徳のようなものだ。

悔しいけれど、こういうふうに頼まれたら、きっぱり断る気持ちにはなれない。

「……っ、きちんと、アルバイト代をいただけるなら……短期間、拘束時間がそう長くないのであれば……」

まだ全部を言い終わっていないというのに、桐谷はぱっと笑顔を咲かせて、握手を求めてきた。

「ありがとう。そう言ってもらえて嬉しいよ。もちろん、アルバイトの契約はきっちりと交わさせてもらうよ」

(なんで返事しちゃったんだ、俺……)

後悔してももう遅い。

「じゃあ、次の企画案の書類を渡しておくよ」

交渉成立を急かすべく、さっそく話を取りつけられてしまい、つけ入る隙がない。

(しょうがない。もしかしたら舞台でも、女装の演技は役に立つかもしれないし)

と、凛音は自分に言い聞かせる。

桐谷の満足そうな横顔を見て、男は顔じゃないと誰かは言うけれど、ハイスペックなイケメンはやっぱり得な人種なんだなと改めて思う凛音だった。

代役の女装モデルの撮影から一週間後――。

「え!?　紀里谷トワちゃんって、桐谷社長の娘さん……だったんですか」

次の撮影のときだった。

現場で桐谷の口からトワが娘であるという事実を聞かされた凛音は、ものすごく驚いた。

でも、そう言われてみれば、目元とか笑顔とか似ているような気がする。上品な造りとか、人を惹き付ける雰囲気とか、細やかな仕草とか。

桐谷をしげしげと眺めていると、彼はさらに事情を教えてくれた。

「紀里谷というタレント名は桐谷からとったんだよ。当初は子役モデルをさせるつもりはなかったんだけど、君もトワを見てわかっただろう?　極度の女性嫌いでね。ベビーシッターが手を焼いていて……」

と言いながら、桐谷はため息をつく。

「今年から幼稚園に入園できるはずだったんだけど、一年見送って、来年から二年保育で入園させるつもりでいるんだ。それまでに対人関係に慣れさせることと、子守ができる現場を確保することを目的にはじめたっていうのが、きっかけなんだよ」

「そうだったんですね」

なるほど、と頭の中で状況を整理しつつ、凛音は素朴な疑問を抱いた。

「トワちゃんのお母さんは？」

そう、トワの母親はどうしたのだろう。共働きとか？

そこまで考えてから、桐谷が気まずそうな顔をしているのを見て、凛音は口に出してしまったことを後悔した。

「トワが一歳のときに出て行ったきり……二人暮らしさ。うち、離婚したんだ」

失敗した。完全に地雷だった。わざわざ現場で子守をしなければならない事情を察すれば、片親かもしれないとわかるのに。

「すみません。俺……余計なことまで聞いてしまいましたよね」

無神経な発言を詫びると、桐谷は首を横に振った。

「いや、僕から話を振ったんだし、気にしないでくれ。まあ、でもトワが活躍すれば、母親もどこかでは見ていてくれるかもしれないっていう気持ちはあるかな」

遠い目をする桐谷に、どんな言葉をかけていいかわからず、凛音は黙り込んだまま、彼を見つめるしかできなかった。

「なんてね。トワにはできるだけ寂しい想いをさせたくないと思ってる。でも、僕の愛情はなかなか……トワには届かないんだ」

桐谷は微かに笑みを浮かべたあと、寂しそうに睫毛を伏せた。

「ほんとはトワちゃん、モデルをやりたくないとかじゃないんですか？」

「いや。この現場に来たがるのは彼女の方なんだよ。僕とふたりきりで親子の時間を過ごすよりいいみたいなんだ」

向こうで撮影をしているトワの方へ、桐谷は視線をやった。娘を見つめる彼の憂《うれ》いを帯びた眼差しは、何かの罰を受けているような、いいようのない切なさが漂っていて、凛音は胸が締めつけられるような気分を味わう。

雇い主とアルバイトという関係で、深い義理があるわけでもないのだが、けして他人ごとと思えないのはなぜだろうか。こういう感情はつまり同情といえるものなのだろうか。うまく説明がつかないが、はがゆさが喉のあたりを圧迫し、それ以上言葉が紡げなくなってしまった。

しばらくトワを見つめていた桐谷だったが、凛音の視線を感じたからか、我に返ったように社長の顔に戻り、いつものように鷹揚《おうよう》に微笑みかけた。

「へんな話をしてすまない。今回も無事に撮影を終えられたのは君のおかげだ。君にはほんとうに感謝してる。懲《こ》りずに次もどうかよろしく頼むよ」

「いえ。こちらこそ次回もよろしくお願いします」

「じゃあ、お疲れ様。帰り道は気をつけて」

「ありがとうございます。お疲れ様でした」

凛音は頭を下げて、桐谷が去っていく方向を見つめた。常に堂々としている彼の背が寂しそうに見えて、ひどく引き止めたいような衝動に駆られる。そう感じてから、凛音は我に返った。

(なんとかしてあげたい……とか、俺、何を考えてるんだろう)

アルバイトが終われば、無関係の他人だ。彼はＣＭにブランド名が流れる有名な企業の社長だ。かたや、小さな劇団に所属する駆け出しの貧乏俳優という、全く接点のないふたりなのに。

それなのに——なぜか、胸の奥がざわついて仕方ない。

劇団の舞台稽古の合間に引き受けたモデルの代役も一ヶ月が過ぎる頃には、女装姿もすっかり様になるようになった。

舞台と違って、セリフがあるわけではないから、とりあえず所作《しょさ》だけを女性らしく気をつければよかったし、慣れてしまえばなんてことはなかった。

相変わらず、現場に足を踏み入れるときの妙な照れはなかなか抜けないのだが、トワを相手にすると恥じらっている余裕はなかったし、撮影がはじまってしまえば、あっという間に終わっているという感じだ。

撮影が終わったあと、社長の桐谷はたびたび凛音の控室を訪ねてくるようになった。回数を重ねるごとに、お互いに打ち解けるようになり、今では居心地のよさを感じつつもある。

凛音を労《ねぎら》う目的か、それとも穿《うが》った見方をすれば、逃げられないように監視する目的なのか真意は定かではないが、しばらく他愛もない話をしてから帰るのがすっかり日課になっている。

「やあ、ご苦労様。今日はずいぶんリラックスしてたみたいだね」

一ヶ月が過ぎ、通算七回目の撮影が終わった今日も、桐谷は凛音の控室を訪ねてきた。

「お疲れ様です。コツを掴めたかなっていうぐらいですよ。女装には少しも慣れませんけど」

凛音は最後の一言を強調した。すると、桐谷ははははっと笑う。その飾らない笑顔がいいなぁ……と、思わず見つめてしまう。

（……って、何考えているんだ、俺）

目が合いそうになり、凛音は慌てて体裁《ていさい》を取り繕う。意思とはうらはらに、心臓はドキドキと鼓動を速めていた。

「奥村くん、他にはどういうバイトしてるの？」

「えっと、だいたいは飲食店ですね。ほら、賄《まかな》いがもらえるから」

得意げに言うと、なるほどと桐谷は頷いた。

「ちゃっかりしているんだな。やっぱり」

「……って、どういう意味ですか。それを社長が言いますか？」

凛音は軽くむっとしたが、桐谷には悪意があったわけではないらしい。

「いやいや、ごめん。しっかり自立していて、偉いって話だよ」

あたふたしている桐谷を、凛音はじっと疑いの目で見る。

「とか言って、本音が出たんじゃないですか？」

「そう拗《す》ねないで。いくつもアルバイトをしながら劇団で頑張ってるんだって、ヘアメイクの子から聞いたよ」

「はい。去年の終わりには大学を辞めて、一本でやっていこうと思ったので……」

「一人暮らし？」

「いや、劇団の先輩とルームシェアしてるんですよ。でも、その先輩がそろそろ結婚したいらしくて。先輩が出ていくと、俺も引っ越さないといけないんですよね。ちょっとピンチです」

　事実ではあるが冗談として、おどけて言ったつもりだった。

　しかし桐谷はうーんと唸《うな》ると、真面目な顔で提案してきた。

「こうしたらどうかな？　今、うちでハウスクリーニングサービスを利用しているんだけど、普段の掃除や片づけ程度の仕事をしてくれる、住み込みのハウスキーパーを募集する予定だったんだ。もし奥村くんが引き受けてくれたら、君がひとりで生活していけるぐらいの額より多めに出させてもらうよ。考えてみない？」

　そう言い、桐谷はにこっと微笑みかけてくる。

「ええっ？」

　用意周到のような提案をされ、凛音は怪訝な表情を浮かべ、桐谷を見た。一方で、獲物を逃すまいと桐谷はすっかり乗り気だ。

「でも、そこまではさすがに……」

　当然、凛音は及び腰だ。すると、桐谷が追い打ちをかけるように口を挟んでくる。

「あ、引っ越し代はこちらが持とう。部屋はいくつもあるし、家賃と光熱費もタダでいいよ。君はその他に自分で必要なものを負担するぐらいでいい。トワも君には懐いているみたいだし、君にとっても条件は悪くはないだろう？」

「引っ越し代……家賃、光熱費……！」

凛音は頭の中で、現実と理想を天秤にかけた。三つも四つもかけもちしてひたすら働くよりも、一本に絞った方が楽に決まっている。それも引っ越し代も家賃も光熱費も全部タダ――家賃四万のボロアパートに暮らしても一年で四十八万がかかるのだ。それがないだけでもう、札束が向こうから歩いてくるような状況だ。心が揺れないわけがない。

「……っ」

凛音が言葉に詰まっていると、目の前の紳士は、契約を取りつけようとする悪魔のように魅惑的に微笑む。

「その顔はいいなと思っただろう？　迷ったら止まるよりも動けというよ。即拒絶でないなら決まりにしよう。ね？」

と言い、もう決定事項だといわんばかりに、脇に抱えていたセカンドバッグから雇用契約書をひらりと一枚取り出してみせた。

「ちょっと、待った！」

これはデジャブ？　いや、違う。初日と同じパターンじゃないか。

「あのっ」

「ん？　何でも質問してくれていいよ」

にこにこと邪気のない笑顔を浮かべているが、これは絶対に確信犯だろう。天然と策士《さくし》は紙一重《かみひとえ》だと思う。間違いなく、この男はそうだ。

「最初に会ったときから思いました。桐谷さんって温和なふりして強引だし、けっこうな人たらしですよね」

凛音が恨めしい目つきで訴えると、桐谷はそらとぼけるような顔をするものの、とうとう隠しきれなくなったのか、悪戯《いたずら》っぽく口端をあげた。

（やっぱり……！　そのために懐柔《かいじゅう》していたんだな、この人は……）

「まあ、一応これでも経営者ですから。ありとあらゆる人脈は大切にしないと。交渉術って言ってほしいな」

と言って肩を竦めながらも、本題からけして話を逸らそうとしない。

「でも、冗談じゃないんだよ。本気で困っているんだ。君も生活だけに給料が消えていくんじゃ困るだろう？　ルームシェアもそのためにしていたんだろうし」

「それはそうですけど……」

と、凛音は言葉を濁す。

「引っ越し先をゆっくり決めるまででもいい。あ、もちろん無理にとは言わないよ。さすがに交渉が脅迫になってしまうのは避けたいしね。だめなら残念だけど、これから他の誰かにあたってみるさ」

しょんぼりしたように眉尻を下げる桐谷の姿に、良心がちくちくと痛む。以前にも感じた母性のような、キューンとした胸の苦しみに襲われ、それでもなんとか必死に堪《こら》えた。

「そこまでは……」

「そうか、わかったよ」

桐谷がすごすごと書類を仕舞いかけるのを見て、凛音は焦《あせ》りを感じはじめる。

（なんだよ、もう、どうしたらいいいんだよっ）

「っ……待ってください」

とっさに口をついて出た。しまったな、と思ってももう遅い。二度目の待ったに、桐谷が期待の瞳を向けてくる。

（あ——もうっ。俺はなんで……引き止めたんだ。もうわかんねー……！）

「俺、駆け出しの役者で貧乏なので、ご提案はありがたいです。アルバイトさせてもらうからには、しっかり働くので」

口が勝手に動いているとしか思えない。

「うんうん」

(もういい、なるようになれ……!)

「よろしくお願いします……!」

これはもう罠にかかった魚状態だ。けれど、こっちに有利な条件なのだから、背に腹は変えられぬ。

「よかった! 君になら、そう言ってもらえると思った。こちらこそ、よろしく」

差し出された手を握り、熱い体温が指先に伝わったのを感じると、なんだか妙に照れくさく感じる。

「……念のためお聞きしますが、その困った顔、演技とか言いませんよね」

凛音はちらりと桐谷を見る。

「ひどいなぁ。君って、もしかして猜疑心《さいぎしん》が強い方?」

そう言い、桐谷はさっきと同じように眉尻を下げる。

「そういうわけじゃ……ないんですけど、念のため」

まだ、桐谷雅人という人柄がどんなものなのか、理解しきれていない。まったく猜疑心がわかない方が不自然だろう。詐欺師と言わないだけマシだと思ってもらいたい。

とりあえず短期アルバイト代は支払ってもらえているし、桐谷が善人か天然か策士か悪人か、それを見極めるのは実際にハウスキーパーとして働いてからでも遅くはないはずだ。凛音はそう判断したのだ。

でも、それは建前《たてまえ》かもしれなかった。桐谷に対して淡い想いを抱いている今、下心が一ミリもないわけではなかったのだから。

罪なのは、一体どちらだろうか——。

頭が痛くなってきそうだったので、凛音はとりあえず、それ以上考えるのをやめた。

〝魚を釣って〟からの桐谷の行動は早かった。

すぐに家に案内すると言われ、帰りに彼の運転する車に乗せられた。

おそらく何千万以上するだろう高級車に乗るときも圧倒されたが、都内の一等地に構えられた豪邸を前にし、凛音は思わずごくりと息を呑んだ。というか唖然とした。

（すっげー……家じゃなくて、もうお屋敷じゃないか）

金のない人間はとことん金がないが、持っている人は持っているのだと実感させられる光景だった。

住む世界が違う、格差社会というものをまざまざと見せつけられるような。

それを言ったら、桐谷は大げさだよ、と笑った。

この豪邸は祖父から譲り受けた財産らしい。つまり、彼は御曹司《おんぞうし》なのだから、大げさでもなんでもなく、一般人とは違うのだ。

桐谷にしてもトワにしても、どこか品格のある容姿や振る舞いを考えれば、そういう身分にあることも素直に頷けた。

敷地の中にはモダンな洋風の一軒家が構えられ、手入れの行き届いた庭園から母屋に繋がるアプローチには、ちょっとした東屋《あずまや》があり、温室の薔薇園やハーブ園が望めるようである。ガレージはゆうに四、五台ほど車が停められそうだった。

「玄関はこっちだよ」

「……お邪魔します」

アプローチから正門へと案内され、開かれた玄関の中に恐る恐る一歩踏み入れる。床の大理石にはシャンデリアが映り込み、鏡のようにきらきらと反射していた。

広々としたリビングに案内され、借りてきた猫みたいに所在なげにしていると、桐谷は申し訳なさそうに言った。

「君が困惑するのも無理ないよね。この通りね、広さを持て余しているんだ。暮らしている部屋も、キッチン、リビング、ダイニング、寝室、バスルーム、クローゼットルーム、生活に必需な場所だけなのに、必要以上に手間がかかるわけだから」

「たしかに。何人もの人がシェアできそうな広さですよね……」

無論、これだけの金持ちなら、家賃収入などをあてにする必要はないだろうが。

「これからここで暮らすにあたって、君にお願いがあるんだ」

「はい。ルールは最初に決めてもらった方が助かります」

「いや、もちろんやってもらいたいことはあるんだけど、前提の話。普段どおりに、自分の家だと思って過ごしてほしい。気を使われると、こっちも気を使うから。ね？」

ああ、そういうことか、と頷く。

「わかりました」と凛音が返事をすると、桐谷は満足げに微笑んだ。

「もしかして、俺がシェアハウス経験しているから、採用を考えたんですか？」

「それも勿論《もちろん》あるかもしれないけど、この間も説明したとおり、君みたいな素直な子が側にいてくれると安らぐから……かな。トワも、僕も」

桐谷がにこりと紳士の微笑みを向けてくる。

「そう、ですか」

と言いつつ、頬に熱を感じる。すると即座に追及されてしまった。

「あれ？　照れてるの？」

「か、からかうのはナシですよ」

「いやいや。君と運命的な出会いができてよかったと思ってる。代役の件がなければ今はなかったんだから、君の先輩に感謝しないとね」

たしかにそう言われればそうだ。ここにいたのは自分ではなかったかもしれないのだ。

（先輩だったら……彼女がいるし、引き受けないだろうし）

そう考えてみると、不思議な縁だと思う。

「まずはお茶を淹れるよ。今日まではお客さんだからね。適当にソファに座って寛《くつろ》いでいいよ」

「はい。ありがとうございます」

それから、お茶をいただいたあと、引っ越しの日程を具体的に決めることにし、空《あ》いた時間に荷物をまとめるという方向で、互いのスケジュールを擦り合わせることにした。

しばらくすると、ベビーシッターがトワを連れて戻ってきたので、ついでにベビーシッターとの役割分担を教えてもらい、スケジュールを更に詰めていくことになった。

シェアハウスをしているアパートに帰宅し、豪邸で暮らすことになったことを先輩の村上に告げると、「パトロンを見つけたのか？」と追及されたが……ある意味、そうかもしれないと凛音は思った。

だが、おいしい話には何かがある。やはり代償《だいしょう》は必ずあるものだ……ということを、凛音は忘れていた。それを二週間後……引っ越しした翌日に思い知ることになる。

◇2

俺は夢を見ているのか？　そうだとしたら、これは悪い夢か？

昨日までの爽やかな紳士は一体どこに消えてしまったのだろうか。

いったい目の前にいる人は誰なんだ――。

引っ越しした日の翌朝、凛音はベッドの前で呆然と立ち尽くしていた。

髪の毛はぼさぼさ、無精《ぶしょう》ひげが伸びて、気だるそうに目をほそめ、そしてまた布団の中にもぐり込んでいく男を見て、唖然とする。

（マジで、この人は……誰なんだ）

「あと少し……」

擦《かす》れた声で甘く懇願し、枕を抱きしめる男を見下ろし、凛音は顔を引きつらせる。目の前のこの人が、桐谷雅人と同一人物であるとは思えない。

「いやいや、起きてください。午前中に大事な打ち合わせがあるから、六時に起こしてくれって言いましたよね？　あれから十分、さらに十分、五分、もうすぐ六時半過ぎますよ？」

「んー……」

いやいやとだだを捏《こ》ねる子どもみたいに、桐谷は枕をぎゅっと抱きしめて離さない。これはもう、寝坊ばかりをする小学生を叩き起こすみたいな状況だ。

「桐谷さん！」

大声で呼んでも、目すら開けない。しまいには、布団をまるかぶりして籠城《ろうじょう》しはじめた。

「時間ですって！　これでもう二十回目ですよ！」

声は通る方だと思う。なんていったって、舞台に発声練習は欠かせないのだから。でも今の桐谷には通じない。

こうなったら実力行使《こうし》だ。凛音はそう思い、桐谷から枕を必死に引き剥がそうとするのだが、桐谷は頑《かたく》なに防御体勢をとる。柔道家もびっくりの寝技のような強固さだ。

「いつまで枕に抱きついているんですか！　放してください！　ラグビーやってるんじゃないですよ！」

「うるさい……」

低い声でうざったそうに言われ、凛音は絶句し、わなわなと肩を震わせた。

もう、いい加減にキレた。

「うるさいだって!?　こっちはあんたの言ったとおりに起こしに来――」

言い終わらぬうちに、二の腕をぐいっと引っ張られ、凛音は目を丸くする。

気付いたときにはベッドに引きずり込まれ、桐谷に組み伏せられていた。

熱い肌の感触が生々しく伝い、がっしりと厚みのある胸に抱き込まれ、凛音は思いっきり動揺する。

「ちょっ！　何してっ……」

まったくの不意打ちだった。

「……いいから、黙って……抱かれてなさい」

桐谷は荒っぽくそう言い、凛音を抱き込む。耳に噛みつく勢いで唇が触れ、ふっと甘い吐息がこぼれてくる。刹那、ぞくっと腰のあたりに甘い疼きが走った。

（……抱かれてろって、なんの冗談だよ……！）

凛音は必死に身体を引き離そうと、もがく。

「っ！　ちょ、寝ぼけて、間違えないでくださいっ」

「……ん、間違える？　何言ってるの」

いちいち耳に吹きかかる吐息が熱いし、擦れた低めの声が無駄に色っぽい。ぐだぐだし

ている男とは思えないほど肉食の獣《けもの》じみた強さがある。

「ななな っ何言ってるもこうもっ！　自覚してくださいよ！」

「君は、凛音くんだろう？」

問いかける声は誘惑するように甘ったるい。でも、目は瞑《つむ》ったままだ。

正気でからかっているのか、寝ぼけているのか、どう判断したらいいかもわからない。

あろうことか、腰に硬いものが当たっていることに気付き、凛音の頭は沸騰寸前だった。

（これは……！）

抱き枕だとでも思っているのか、足を絡めながら腰を擦りつけてくるからたまったものじゃない。妙な興奮が伝播《でんぱ》して、凛音まで反応してしまいそうだった。

「ななな、何やって……離してくだ……離せっ！」

遠慮をしている場合じゃない。これ以上は心臓がもたない。というか、貞操《ていそう》の危機だ！

「離せっつーの！」

混乱を極めた凛音は、桐谷のことをおもいっきり突きとばした。

「ったー！」

ベッドから勢いよくゴロンと転がり落ち、ベッドフレームの縁にでも頭をぶつけたのか、蹲《うずくま》っている桐谷に向かって、凛音は叫ぶ。

「どー考えても、悪いのは、桐谷さん、ですからね!?　俺のせいじゃないですよ！」

はぁ、はぁ、と無駄に息が乱れる。こめかみのあたりにどくどくと濃い血液が流れていくのを感じる。腰に感じた妙な疼きは残ったまま、煩悩《ぼんのう》をどうにか打ち消す。

「はぁ、何がどうなってるんだい……この仕打ち、ひどいよ」

なよなよと情けない声を出す桐谷に対し、凛音の苛立ちはついに最高潮に達する。

「そっちこそ、朝っぱらから、何を考えてるんですかっ！」

凛音が腹の底から怒鳴りつけると、桐谷はようやくぱちりと瞬きをし、びっくりしたような顔で凛音を見た。

「寝ぼけるのもいい加減にしてくださいよ！」

顔を真っ赤にして憤慨している凛音を目にした桐谷は、「あ……」と口をあんぐり開けて、ことの一大事に気付いたらしく、申し訳なさそうにのっそりと身体を起こした。

「……ごめん。またやっちゃったんだな。今日は大丈夫かなと思ったのに、油断してたよ」

「またって、今日はって……もしかして、いつもこんなんですか？」

初日からげんなりする凛音に、桐谷はハッしたように訂正する。

「いやいや、たまたまだよ。ごめん」

凛音は疑《うたぐ》り眼で、桐谷を見る。彼が髪をかき上げる仕草も、今はセクシーからはかけ離れていて、寝癖がひょんと立ち上がっている様子が、情けない感じだ。

「ほんとうごめん。君に抱きついた……つもりはなかったんだけど。他に、へんなことしてないよね？」

おそるおそる、桐谷が問いかけてくる。

さっきの熱っぽい甘い声や、下半身に感じた昂《たかぶ》りを思いだして、頭の中が沸騰しそうになる。あれを説明しろと言われても困る。

「し、してませんし、別にっ……不可抗力っていうことにしておきますよ」

そう言い放ったあとも、鼓動が激しく音を立てていた。凛音はなるべく、桐谷の下半身に目をやらないように意識を逸らす。

だが、次にはまた気の抜ける光景が――。

「この眠気も……不可抗力……だよ……ね」

ふあっと欠伸をかみ殺したかとおもいきや、桐谷は再びベッドに倒れ込む。そして無言のまま、またうとうとと目を瞑ってしまったのだ。

「……って、はあっ!?　ちょ、ふざけんな！」

凛音はとうとう素《す》で怒鳴った。

（まさか、この人……また寝ようとしているんじゃないだろうな！）

危惧した通り、寝息らしい息遣いが——。

許そうと思った自分が浅はかだった。

我慢の限界がきた凛音は、思いきり叫んだ。

「……も～！　いい加減に、寝るな——ッ！」

このままじゃ、台本のセリフ読みすらできないぐらい、喉が潰れてしまうかもしれない。

「ごめん……眩暈《めまい》がするんだ。あとちょっとだけ休ませて……おねがい」

そう言いながらブランケットにしがみつく彼は、やっぱりあの桐谷社長には見えない。

「遅刻しても、俺のせいにしないでくれるなら、存分に寝ていてください。もう起こしません！　でも、気がおさまらないんで、やっぱり起きてください！　さあっ」

凛音は桐谷の腕をぐいぐい引っ張って、なんとかベッドから引きずり起こす。

「……わかったよ……うー、凛音くん、けっこう……スパルタなんだね」

涙声のような女々しい声を聞いて、凛音はますます苛々《いらいら》する。

「文句を言いたいのはこっちですよ。社長が、詐欺なんじゃないですか！」

「詐欺なんてしたことないよ……ひどい言い分だなぁ」

バタバタしているふたりの男の横で、天蓋付きのお姫様みたいなベッドですやすやと眠っていたトワが、煩《わずら》わしそうな顔をして、むくりと目を覚ました。

「あ、トワ」

天使に癒されようとしたのも束の間、トワはむすっと不機嫌な顔をし、目にいっぱい涙をためはじめ、声を高らかに泣きだしてしまった。

「わぁぁんん」

「ええっ!?」

撮影の間はどんなことがあっても泣くことのなかったトワが、赤ちゃん返りをしたみたいにわんわんと泣いている。

さすがに凛音は狼狽《うろた》えた。自分がいっきに悪者になったような罪悪感でいたたまれなくなる。

「なに？　どうしたんだよ、トワ。どこか具合悪いのか？　熱でもあるとか？　お腹が痛いとか？」

あわあわとトワの顔を覗き込んだ。

すると、トワの瞳から大粒の涙がぽろぽろと宝石の粒のようにこぼれおちていく。

「わ～ごめん。なんだかわかんないけど、ごめん～！」

小さな子に泣かれると本気でどうしたらいいかわからなくなる。凛音が必死に謝っていると、ベッドに沈んでいた桐谷がようやく、ゆらりと立ち上がった。

「……凛音くん、悪いんだけど、朝食の前に、洗濯を……手伝ってもらえるかな」

ふぁ～と暢気《のんき》に欠伸《あくび》をする桐谷に対し、苛立ちを通り越し、絶望感を抱いた。

「それより！　まずは泣いてるトワちゃんをどうにかしなくちゃダメでしょう⁉　あんた、本当に父親か⁉」

トワはわんわんと声をあげ、泣きやまない。凛音は軽くパニックだ。

「うん、それなんだけどね、凛音くん」

桐谷はそう言って、トワに聞こえないように耳打ちしてきた。

「オネショのクセがあるんだよ。毎朝こうなんだ……トワの気持ちを傷つけたくないからオネショしたことはくれぐれも責めないであげてほしい」

「オネショ、ですか？」

「うん」

時計は七時を示している。打ち合わせで聞いた話によると、慣らし保育に連れていく時刻は七時四十分。

だったらなんでもっと早く起こさないんだ――と言う気も失せた。

「じゃあ、俺が洗濯をしますから！　桐谷さんはトワちゃんのお着替えをしてください。いいですよね⁉」

「……うん、わかった。ありがとう」

気のない返事をして、桐谷は目をごしごしとこする。その仕草もまた仕事がデキる社長の姿とは程遠い。立ったまま寝てしまいそうな雰囲気さえあり、凛音は釘を刺すように言った。

「桐谷さん自身も、着替えてくださいね!?」

しかし「うん」と言いつつ、桐谷が向かったところはクローゼットではなく、ベランダの方で……。

「そっちじゃないです！」

凛音は慌てて桐谷の背中を押してやり、方向を変えてやった。

「ん、ありがとう」

のほほんとした笑顔を向けられ、凛音の顔が引きつった。

なんていうマイペースな人なんだ。いや、マイペースにも程がある。

朝からどっと疲れてしまった。息切れがするし、ぐらぐらと眩暈もしてきた。

(マジで大丈夫か？　俺、欲に目が眩《くら》みすぎたんじゃないか……)

破格の条件に飛びついたあと、蓋を開けてみれば、ハウスキーパーというよりも、ベビーシッター（それも子どものような大人を一名追加）のアルバイトだったというこの状況に頭が痛くなってくる。今からでもやめたいぐらいだ。

でも、物理的な事情を考えると、今さら後戻りはできなかった。元のアパートから荷物を引き払ってしまったのだから、ここの他にどこにも帰る場所はないのだ。

やっぱりあの男は人たらしの詐欺師だ。そうとしか思えない。

そしてこれはなにかの悪夢に違いない――。


一段落する頃、凜音は気を取り直し、キッチンに立った。

ニンジンとじゃがいものグラッセ、ほうれん草のオムレツ、それからバナナをカットしてリンゴの皮をむいて、フルーツヨーグルトを作る。それらを器《うつわ》に盛りつつ、ワイシャツに袖を通していた桐谷にこっそり声をかけた。

「トワちゃんのオネショって毎朝必ずなんですか？」

「まあ、だいたいね。おむつがとれたなと思った頃からなんだ。おしっこをしたくなったら起こすんだよって毎回寝る前に言ってるんだけどね」

困ったように桐谷が言う。申し訳ないけれど同情はできなかった。

「だって……もしトワちゃんが起きても、桐谷さんの方が無理ですよね、それ」

凛音は寝起きの悪い桐谷を思い出して、げんなりする。さすがに言いたいことが伝わったのか、桐谷はしどろもどろに言い訳をしはじめた。

「いや、僕だって夜とか朝方ならね、寝ぼけててもなんとか……でも近頃トワが僕を避けてるっていうか。もう少し小さい頃は、一緒に寝ていたのに……」

「まあ、一緒に寝てたら、ますます大惨事ですね」

凛音は白い目で桐谷を見つつ、空笑いする。娘に振り回されている情けないぐだぐだ男が、あの桐谷なのか……時間が経過しても尚、悪夢を見ている気分だ。

「もっと普段から堂々としてくださいよ。人をたらしこむの上手っていうレベルじゃないですよ。その姿、詐欺ですよ、詐欺！　俺、完璧に騙されました」

「そう言われるとね」

桐谷は苦笑する。そんな彼はもう無精ひげを生《は》やしていないし、髪もしっかり整えられて出社モードである。きちんとした格好をすれば、やっぱり目を奪われるほど格好がいいのだ。

ネクタイを締める仕草すら色気を醸《かも》しだし、大人の余裕を感じさせる。それがなんだか悔しい。この外見からは、桐谷の本性がぐだぐだのヘタレで残念なイケメンだと想像する者はいないだろう。凛音だって想像すらしなかった。

（なんかもう……ほんとうに色々と詐欺だよなぁ……）

こちらの密《ひそ》かな反発心など露《つゆ》知らず、桐谷はトワの様子を気にした。

「すっかりご機嫌だね」

トワは凛音の隣にちんまりと座って、子ども用フォークで、にんじんグラッセを食べている。フォークをもっている手の甲のえくぼがかわいい。もぐもぐと口をいっぱい動かして喜んで食べてくれるのが嬉しい。

「気に入らないときはふんぞり返ってでも着席しない時があるんだよ」

そう言いながら、桐谷がピンク色の子ども用のコップに麦茶を注ぐ。コップの表面には日曜の朝に放映されているテレビアニメ・アイドル戦士プリティ・バニーの絵が描かれていた。

「プリティ・バニー大人気ですよね。トワちゃんも好きなんだ」

桐谷に話しかけたつもりだったのだが、トワが瞳を輝かせて、話題に入ってきた。

「うん！　かわいいもん。りぼん、いっちょなの」

「そっかぁ、一緒かぁ」

トワは興奮したようにツインテールの髪を揺らしてみせる。彼女の結われた髪には、昨日とは違う、ピンク色のドット柄のリボンが結ばれていた。

「それでツインテールにしたがるのかな？」

凛音の素朴な疑問に、桐谷が頷く。

「そう、トワのお気に入りだそうだ。今はツインテールか、カチューシャのどっちかを必ずつけたがるんだよ」

「へえ、そうなんですね」

そういうところは普通の三歳の女の子らしい。

「トワ、にんじん、おいしい？」

「おいちぃ！　しゅき！」

ふっくらした頬をさらにまんまるにしているトワに癒され、自然と口角が上がる。

「そっか。よかった」

にんじんがあまり得意じゃないと聞いていたので、気難しい彼女がへそを曲げないか、ちょっとだけ心配だったのだが、どうやら杞憂《きゆう》に終わったようだ。

「はい、あーん」

トワからフォークを差し出され、凛音が食べようとすると、トワは頬を膨らませ、いやいやと首を横に振る。

「ん？　食べさせてほしいの？」

うんうんとトワは頷く。甘えられるのをくすぐったく感じながら、凛音はトワからフォークを受け取り、彼女の口にじゃがいもを運んでやった。

小さな唇がフォークにぱくつくのが可愛くて、まるで餌付けするかのように、何度もあげたくなってしまう。

「はい、お芋《いも》もあーん」

合図につられてトワの口が開き、おいしそうにぱくつく。バターとミルクの味付けが絶妙によくできたつもりなのだが、やはり正解だった。まろやかな味付けが子どもの口にもあうらしい。

トワは美味しそうにもぐもぐと頬を動かして、凛音に次のひと口をねだった。

「もっと。いっぱい！」

「うんうん。じゃあ、麦茶を飲んだら、もうひと口あげるよ」

「トワ、のむ！　ちょうらい」

トワがそう言い、両手を広げる。

「はい。プリティ・バニーのコップに入ってるからね。どうぞ」

「はぁい」

こうして食事をしている姿は、売れっ子モデルの紀里谷トワではなく、桐谷永和《とわ》という……ふつうの三歳児に見える。現場で大先輩を気取っていたことが嘘のようだ。

「三歳児にしてプロ根性かぁ。よくよく考えると、俺のセンパイになるんだよなぁ」

凛音はトワの隣で頬杖をつきながら、思わず呟《つぶや》く。

トワが羨ましくもあり、同時に労《ねぎら》いたい気持ちだった。

もし自分が三歳に戻れるなら、もっと早くに役者を目指したかったと思う。

凛音が役者になりたいと決意を固めたのは、割と最近の話だ。

平凡なサラリーマンの父と事務員の母が社内恋愛の末に結婚し、二人の間には七人の子どもが生まれた。三人の娘と三人の息子……そのちょうど真ん中にいるのが、凛音だ。

うちは貧乏だけど大学は出ておきなさい、と両親から言われたとおり、凛音は素直に大学進学を決めた。

大学一年のはじめまでは、安定したメーカーに就職することを目標に、勉学を疎《おろそ》かにしない程度にキャンパスライフを楽しもうと考えていた。会社員になったら、親孝行のひとつやふたつしてやろう……ぐらい思ったかもしれない。ところが、思わぬ方向に舵《かじ》をとることになる。

ある日、同級生の兄貴が劇団の俳優をやっているらしく、チケットが余っているから見

にきてほしいと誘われた。演劇のことなどよくわからなかった凛音は、暇つぶしぐらいの気持ちで見に行ったのだが、それが凛音の転機となった。すっかり演技に魅せられ、虜《とりこ》になってしまったのだ。

それ以来、凛音は役者を目指す道を選んだ。ほんとうに人生って何があるかわからない。トワはどうなのだろう。小さな頭の中でいったい何を思って生きているのだろう。そんなことを考えつつ、凛音は無意識に彼女の丸みを帯びたほっぺたを指でつんつんと触れた。

「ひゃっ……くすったいの」

「あ、ごめんごめん、かわいくって」

ふふっと笑い声がこぼれる。

ふと、視線を感じて、桐谷の方を向くと、何か物言いたげな顔をしていた。

「なん、ですか……」

もしかして、デレデレとだらしない顔になっていただろうかと焦って、取り繕おうとすると、なぜか桐谷も慌てたように顔の前で手を横に振った。

「え？」

「いや、なんでもないよ。女子力見習わないとなって」

桐谷はそう言い、くすくすと笑う。

「女装はもうしませんよ?」

「いやいや、二人がとっても自然体だから、本来なら親子ってこういう感じなんだろうな、と思っただけさ」

桐谷の発言は他人行儀で、まるで叶わないものへの羨望《せんぼう》のような言い方に感じられた。

今まで桐谷はどんなふうにトワと過ごしてきたのだろう。

ある日突然一歳児を置いていかれたら、誰だって混乱するだろう。今日だけでもひどい朝だったのに、二年の間、いったいどんなふうに暮らしてきたのだろう。想像するのも怖いぐらいだ。

「桐谷さん、休みの日はいつもトワちゃんと何をしてるんですか?」

「うーん……大抵は、睡眠をとりに家に戻ってくるっていう感じだからね。たとえ休日があっても、トワは僕と出かけるよりもシッターと一緒に遊ぶ方が好きなんだよ」

桐谷は自虐的に言った。でも、凛音は笑えなかった。

親よりもシッターを選ぶなんて、あまりにも寂しすぎるじゃないか。それは、子どもにしてみれば、他意のない好奇心からの行動かもしれない。一時的に興味を持ったおもちゃと似た関係にすぎない。

本当に子どもが必要としているのは、親の愛情の方なのではないだろうか。どんなに大人っぽいトワだって、まだたったの三歳なのだ。

「桐谷さん、それ、本気で思ってるんですか？」

なんだか無性に腹が立って、思わず非難の声が出た。

「失望したのかい？　でも……僕の言うことは事実だよ」

桐谷は沈鬱《ちんうつ》な表情を浮かべ、声のトーンを沈めた。

凛音はハッとし、慌ててフォローする。

「別に、俺は桐谷さんを責めるつもりなんかじゃなくて！　……ただ！」

身勝手な正義感だったかもしれない。偉そうに言うつもりはなかったのに、何をむきになっているのだろう。

そこから言葉にならなくなり、必死に言い訳を考えていると、桐谷は首を横に振った。

「大丈夫。わかってるよ。トワのことをそれだけ真剣に考えてくれたんだね。ありがとう、凛音くんの気持ちはうれしいよ。僕のわがままでハウスキーパー兼ベビーシッターまで押し付けたのに、そんなふうに真剣に考えてくれて、ほんとうに感謝してる」

やさしく見守るように微笑まれ、心臓がとくりと脈を打つ。余計に自分の傲慢さが浮き彫りになるようで、いたたまれない気持ちになってしまう。

「俺はっ、まだ何もしてないですよ。そうやって感謝されても後ろめたさを感じないぐらいのことを俺がしてから、言ってください」

「そっか。わかったよ。具体的には何だろうな?」

期待の目で見られ、うっと言葉に詰まる。

使命感はある。アルバイトの身なのだから。でも、親子の関係に踏み込むようなことをする必要はないのではないかという葛藤《かっとう》もある。

でも、居心地のいい生活をするということを考えたら、父娘《おやこ》には仲良くしていてもらいたい。そう思うのは何もおかしいことではないだろう。その方が凛音の負担だって減るのだから。

「うーん、まずは、父娘の時間を作ることから、はじめましょうよ」

「父娘の時間……か」

「そうです。例えば……そうだ！　今度の休みに、一緒に公園にピクニックに行ってみませんか?」

桐谷は驚いた顔をしたが、一拍《いっぱく》おいたあと、うれしそうに微笑んで頷いてくれた。

「うん。ピクニックか……楽しそうだね。君が迷惑じゃなければ、ぜひ」

「じゃあ、決まり」

凛音はそう言い、トワに小指を差し出した。

「ピクニック、楽しく過ごせるといいな、トワ」

「ピクニク？」

と言い、トワが首をかしげる。

「ん、ピクニックだよ。今度のお休みの日、みんなで広い公園に行こう。楽しいよ」

トワはきょとんとした顔をしたが、凛音のにこにこしている表情から伝わったのだろう。

たちまち笑顔を咲かせて、小さな小指をちょこんと絡めてくれた。

「やくしょく」

もぐもぐしていたからか、うまく言えずに舌足らずになるのが、なんとも可愛らしい。

「うん、約束」

凛音は言って、ぼうっとしている桐谷の手を引っ張った。

「ほら、桐谷さんもするんですよ」

桐谷は戸惑いながら、トワに指を差し出す。

すかさず、ぷいっと顔を背けてしまったトワに、桐谷はショックを受けたようだ。

「やっぱり僕は……」

「いじけないでください。いつもの策士のノリでガンガンいきましょうよ」

「策士って……」

桐谷がそう言って、苦笑する。

「だって、そうじゃないですか」

凛音もトワを見習って、ツンと顔を背けた。すると、トワもまた真似をしてツンとした顔をする。

「あ〜あ、まだ言うんだね、詐欺だって」

「言われたくなかったら、しゃんと頼みますよ」

凛音がそう言い返すと、トワが突然けたけたと笑い出した。

思わず桐谷と顔を見合わせた。

どうやら言い合っている様子がおかしかったらしい。

「ほら、いくらでも方法があるでしょう？」

「わかった。君のアドバイスどおりに、がんばってみるよ」

桐谷は肩を竦めつつも、トワの笑顔を見てうれしそうにする。その表情をもっと見てみたい、と凛音は思った。

◇
3

週末の午後――。

今日は約束したピクニックの日だ。見上げれば、雲一つない青空が広がっていた。初夏の陽ざしが燦々と降り注ぐ中、凛音は肺にいっぱい清涼な空気を吸い込んだ。

凛音は桐谷そして娘のトワと共に、少し郊外に足をのばして、車で一時間ぐらいの場所にある広々とした森林公園にやってきていた。片手にはピクニック用のバスケットとレジャーシートが入ったトートバッグを抱え、もう片方の手でトワの手を握る。

親子をなんとかくっつけようとして企画したのだが、車から降りた途端、トワが選ぶのは凛音だった。

おいで、と手を差し出した桐谷は、父親として立つ瀬がないといわんばかりに肩を竦めた。引っ込みのつかなくなった手は、彼の髪をかき上げる仕草へと変わってしまう。

なんだか凛音の方が申し訳ない気持ちでいたたまれなかった。

でも、ここで遊んでいるうちにトワだって心を開くかもしれない。ここはぐっと堪えて、チャンスを窺おう、と凜音は心に決める。

（……っていうか、なんで俺は、この親子に肩入れしてるんだろうな……）

掃除、洗濯、料理、ハウスキーパーとして住み込みで暮らすことにしただけで、プライベートなことに首を突っ込むことをすることはないだろう。

ただ、桐谷の寂しそうな顔がちらついて仕方なくて、桐谷とトワのぎくしゃくした様子を見ていると心配になってしまうのだ。

（一緒に暮らすなら、俺だって快適に過ごしたいし……）

凜音は言い訳を一つ作って、あとは余計なことを考えるのはやめた。

七月の舞台公演に向けた稽古がとりあえず一段落したし、たまにはこうしてのんびりとした時間に癒されるのもいいだろう。

森林公園には、青空の絨毯みたいなネモフィラの花畑や、甘い香りが漂う薔薇園などが見られ、背の高い木々は新緑の葉を揺らしてざわめいている。

広大な芝生に涼やかな風が通り抜けていく中、レジャーシートを敷いたりワンタッチテントを設置したりして、ファミリーやカップルが賑《にぎ》わいをみせていた。

その中に、凜音と桐谷もトワを連れて溶け込むことにする。

トワはというと、今日もツインテールに髪を結っている。女の子らしいフレンチスリーブのパステルピンクのワンピースにレギンスを合わせ、動きやすいスニーカーを履いていた。

彼女は緑の絨毯に咲いた、黄色のたんぽぽ、白いシロツメ草などを指差し、きらきらと瞳を輝かせる。

「プリティ・バニー！　みたの、トワ！」

トワの言うことが凛音にはすぐにわかった。

ちょうど先週見たプリティ・バニーに出てきた風景に似ているからだろう。

ワンピースの裾をひらひらさせて、楽しそうに飛び跳ねる。まるで、そこにもう一つ大輪の花が咲いたかのよう。

「どうやらお姫様はお気に召したみたいだね」

ぴょんぴょんと飛び跳ねるトワを眺めながら、桐谷がやさしく微笑む。

「ですね」

凛音もつられて笑顔を咲かせた。そして、絶好の機会を逃すまいと、凛音は腕まくりをする。

「よっし、元気いっぱい、楽しく遊ばないとな！　さて……」

にやり、と凛音は企《たくら》んだ顔をする。

「トワ、追いかけっこだ。まてまてー」

凛音が唐突に後ろから追いかけると、トワは声をきゃっきゃと弾ませて駆けていく。

拙《つたな》い足運びで駆けていく姿がなんとも可愛いらしい。

遊びとはいえ、子どもは本気だ。必死になっているうちに転びそうになる一幕があり、ハラハラしながらも、心から楽しそうな彼女の表情を見ていると、こちらまで頬が緩んだ。

「捕まえた」

そう言って、軽くタッチしようとすると、鈴の音のようなコロコロとした笑い声が響きわたった。

「りおん、おもしおいの、しゅき。りおん、すきー」

三歳児から熱烈な愛の告白とハグを受け、凛音もまんざらでもなくとろけてしまう。母性というか父性というか、そういうのはよくわからないけれど、保護愛のようなくすぐったい感情が刺激されるようだ。

なんともいえない気持ちになり、凛音は衝動的にトワを抱き上げ、そのまま優しく抱きしめる。すると、ますますトワは顔をくしゃくしゃにしてケタケタと笑う。

その一方で、桐谷がカメラを片手に、遠い目をして見守っている様子が視界に映り込み、凛音はハッと表情を引き締めた。

（バカ、バカ、俺！　桐谷さんとトワちゃんを仲良くさせる作戦なのに）

「ほら、桐谷さんも、ぼーっとしてないで、ちゃんと遊んでくださいよ」

いったんトワを足元におろし、傍観者《ぼうかんしゃ》になっていた桐谷の手を引っ張る。

「いや、僕は……いいよ。見ているだけで、いいんだ」

桐谷はトワのこととなると消極的なのだ。まったく……ヘタレにも程がある。

凛音の口からは、はぁ……と重たいため息がこぼれた。

「桐谷さん、何のために来たかわかっていますよね？」

じりじりと詰め寄ると、桐谷は両手をあげて降参し、ごほんとわざとらしく咳払いをする。彼の目はすっかり泳いでいた。

「もちろん、それは……」

「だったら、はい」

凛音は言って、ぐだぐだしている桐谷の背を押した。

そして、ようやく桐谷がトワに歩み寄ろうとしたのだが、

「トワ、僕と一緒に――」

「いやー！　トワ、りおん、いいの！」

即座に娘から拒絶され、桐谷はがっくりと肩を落とす。

「これだからさ、辛《つら》いんだよ」

父の嘆きは、娘に届かない。トワは腕を交差させて、ますます拒絶体勢だ。

（まだ……だめか）

凛音もがっくりきた。

「あー……今のは、ほら！　構えちゃうと悟られちゃうんですよ」

凛音はひそひそとアドバイスをしつつ、今度は遊び相手をするのではなく、ふたりの仲裁役《ちゅうさいやく》に徹する。

「トワ、パパも一緒に遊びたいって。きっとみんなでかけっこしたら楽しいと思うな！」

「いやっ」

トワはぷいっと顔をそむける。彼女の正面にまわり込んで説得しようとしても、ツーンとおすまし顔だ。

「おねがい、トワ」

凛音は顔の前で両手をあわせて頼み込む。

「頼むよ、トワ、ぜったいに楽しいから。さっき面白いのが好きって言ったじゃん」

だが、トワは「やーッ」と言い、ぷうっと頬を膨らませて、徹底抗戦の構えで腕まで組んでいる。

（三歳児……手ごわい。も～何このめんどくさい親子！）

苛々ともどかしさと織り交ざった気持ちで、凛音は内心地団駄《じだんだ》を踏む。

「いちわる、りおん、きらい～きらい！」

今までの笑顔はいったいどこへいったのやら、おしゃまな彼女は蕾みたいなかわいい唇をいーっと歪《ゆが》めた。可愛いからこそ小憎たらしい。

「ええっ！　さっきまで好き好きって言ってたくせに！　いじわるなんてしてないよ」

凛音はトワに文句を投げかける。

大人げないかもしれないが、言わずにいられない。

「いーっ、きらいきらーい」

トワはまた唇の両端を指で広げて、小憎たらしい顔をした。

（この……小悪魔め！）

凛音はイラッとして、腰に両手をついた。

「はぁ……あ、そうっ、もう怒った。トワがそう言うなら、いいよ」

「ト、トワ、り、凛音くん……まあまあ」

桐谷がおろおろと狼狽えている。今日の彼は完璧にプライベートの残念なイケメンだ。

「きらい、きらい、りおん、だいきらーい」

嫌いと言われると、気持ちのいいものじゃない。桐谷はいつもこんな想いをしているのだと思うと、やりきれない想いで、胸が詰まる。

「ふうん、そんなこと言っていいのかな～？　トワ」

半ば脅《おど》しの入った、悪魔のような表情を浮かべながら、凜音はトワを追いつめた。

「しらなーい！　トワ、しらない、もん」

トワは自分の耳を両手で塞いで、首を横にぶるぶると振る。

もともと彼女は聞き分けのいい子ではない感じだし、子役モデルの仕事の現場でも、ママ役を振り回すぐらいだ。何人ものモデルがお手上げするほどなんだし、一筋縄ではいかないこともわかっているが。

凜音はトワの真似をして腕を組み、仁王立ちする。トワはびくっと肩を揺らし、大きな瞳をぱちぱちして、凜音を上目で見つめた。

今日という今日は甘やかす気はない！

「よーく聞くといいよ。トワみたいに小さい頃から嫌いをたくさん作ると、俺みたいに大きくなったときに、好きなものがなくなっちゃうんだぞ。プリティ・バニーのコップも、お気に入りのリボンもぜーんぶ、なくなっちゃうんだぞ」

凛音がいじわるな顔で指を差してやると、トワが大きな瞳に涙をにじませはじめた。

「泣くのか。ずるいぞ、トワ」

「いー！　りおん、きらいっだもん」

喉の奥に言葉を詰まらせながら、トワが必死に反論する。可哀想だ、という良心の呵責《かしやく》に苛《さいな》まれるものの、凛音はぐっとこらえて折れなかった。

「あ〜、嫌いって言ったな。好きが一個なくなった。あーあ、プリティ・バニーに嫌われちゃうぞ」

「ふえっ……えっ」

涙の粒が今にもこぼれ落ちそうだ。

「ああ、トワ……凛音くん、そのへんで、もう……」

桐谷が慌てふためく。だが、凛音はやめなかった。

「いーや、トワは子役モデルだもん、普通の三歳児じゃないだろ。演技が上手なのはお見通しだぞ」

我ながら大人げないと思うし、周りの刺々しい視線が突き刺さるが、ここで引いては変わらない。きっと、この子のためにはならない。

凛音はひとしきり想いをぶつけたあと、トワの目線にしゃがみこみ、彼女に言って聞かせる。

「トワ、いい？　嫌いって言うとね、好きが一個ずつなくなるんだ。でも、好きが増えると、不思議なことに好きはもっと増えるんだよ。嫌いが増えるより、好きがいっぱいの方が楽しいだろ？」

ぐすぐすと鼻をすすりながら、トワは真剣に凛音の目を見て、考えているようだった。

「しゅき……いっぱい、いい」

「うん。そうだよな」

こくん、っとトワは頷く。

「わかるんだから、えらいえらい」

「トワ、えらい？」

「うん、えらいえらい」

凛音がトワの頭を撫でてやると、ついに彼女の大きな瞳から涙がこぼれ落ちてしまったが、結局いじめたみたいで、なんだかいたたまれない気持ちになるが、彼女がわかってくれたようでうれしい。

「じゃあ、パパに嫌いなんて言っちゃだめだよ。好きって言ってあげるんだよ。プリティ・バニーみたいに、やさしい女の子にならなくちゃ」

凛音が諭《さと》すと、トワがこくんと頷いて、ちらりと桐谷を見上げた。桐谷は緊張して顔を強張《こわば》らせる。すると、トワの表情も同じように強張り、凛音の胸に抱きついてきた。

「トワ……」

トワは髪の毛をふるふると震わせる。ぐすん、とすすり泣く声が聞こえて、凛音はため息をつく。

「だめか……今のわかってくれたと思ったのになぁ」

凛音はトワの髪を撫でながら、どっと脱力する。

「いいよ、凛音くん。僕のことは気にしないで。こうしてトワを見ていられることが幸せだって思うよ。だから、もっと楽しませてやってほしい」

そう言い、桐谷はカメラを構えてみせた。

「甘いですよ、桐谷さんは」

もどかしさのあまり、口をついて出た。あのまま許していたら、きっとトワは桐谷の想いに気付かない鈍感な子になってしまう。そんなのは、桐谷にとってもトワにとってもよくない。なのに。

「いいのさ……。僕しか、甘やかしてあげられる人はいないんだよ、彼女には」

「……桐谷さん」

そうまで言われると、何も言葉にならなくなる。彼の言い分も一理《いちり》あると思ったからだ。子育てに正しい方法なんてあるはずがない。凛音には大家族がいて、きょうだいがたくさんいる。弟の世話もしてきた。でも、桐谷と違って、自分に子どもがいるわけじゃない。偉そうにしていても、しょせんは他人からの目線でしか助けてあげられない。優等生の先生気取りをしているだけだ。自分が間に立ってあれこれやってあげても、問題が解決するわけじゃない。

凛音の中に迷いと葛藤が生まれる。

「トワ、いいから、凛音くんと遊んできなさい」

桐谷は言って、トワのふわふわのやわらかい髪をそっと撫でる。すると、トワが弾かれたように顔をあげた。

「……うんっ」

たちまち花が開くように、天真爛漫《てんしんらんまん》な笑顔が広がる。そんなトワを見る桐谷の表情もおだやかな温もりに溢れていた。もうそれだけで満足と言いたげな顔だ。けれど、それは自分でどこかあきらめの線引きをしているからだろう。やっぱりもどかしい。どうしたってはがゆい。

（ほんとうに、これでいいのか……？）

「あしょんで。りおん。だっこして」

両手を広げるトワは無邪気でかわいい。その愛くるしい仕草を、甘える気持ちを、桐谷に預けてほしいのに。うまいことといかないものだ。

「はいはい。抱っこですよー。たかい、たかい、たかい」

もう半分は投げやりだ。勿論、大事な命を預かっているのだから、雑にはならないようにしっかり気を配ってはいるが。

「よし、天まで届け！」

何度も、何度も、抱き上げてやると、きゃはははっと軽やかな笑い声が響きわたる。

目の前に見えるのは、売れっ子モデルの紀里谷トワではなく、自然体の子どもの笑顔だ。せめて、この笑顔が桐谷にも見えるように、してあげたい。

「りおん、あれ」

突然、トワが向こうを指差した。

「あれって？」

凛音はその方向を見る。

「あれ、しゅるの。しゅわって」

トワは再びレジャーシートを敷いているところを指さし、凛音の手を引っ張った。

「あ、そっか。おままごとしたいんだね」

少女の願いを叶えるべく、手を引かれるままにトワについていく。

「おはな、いれましょ。いくちゅ、でしゅか？」

「三つください」

凛音が黄色いたんぽぽを摘むと、トワがコップの中にいれてくれる。

「はーい、どうじょ」

「あ、ありがとう」

「おいしぃですか？」

「うん。トワが淹《い》れてくれたお茶、とってもおいしいよ」

凛音がトワの遊び相手をしている間、何度もカメラのシャッターを切る音がした。

振り返ったときに、時々桐谷と目が合って、彼は微笑みかけてくる。その笑顔があまりにやさしくて儚《はかな》いから、やっぱり胸の奥が軋《きし》むように切なくなった。

親子なのに他人行儀で、心を通わせ合えないなんて、寂しい。どうしたら、ふたりは近づきあえるのだろう。

結局、ピクニックの間、一度もトワは自分から桐谷の手を繋ぐことはなかった。

豪邸に戻ってくると、凛音はぐっすり寝てしまったトワをおぶって、寝室に足を踏み入れた。

起こさないようにそっと抱きかかえ直し、ベッドに寝かせる準備をする。

「凛音くん、トワをおぶってくれてありがとう。子どもとはいえ重たかっただろう？　一日中世話になりっぱなしだったね」

「いえいえ。健康的で楽しかったですよ」

公園でたっぷり遊んだあと、午後はトワの好きなプリティ・バニーの洋服が売っているお店をめぐった。

手にもてるだけショッピングバッグを抱えていた桐谷が、さっそく明日の洋服を準備しておこうと封を開けようとする。

不意に、凛音はあるものに目を奪われた。

テーブルの上に、命名と記載された誕生用のフォトブックが開かれていたのだ。

【命名　永和】と書かれたその下に、手形が押されている。赤んぼうだったときのトワは、今よりも頬がふっくらとしていて、ぱっちりとした特徴的な大きな瞳が印象的だ。

たしかにこれだけ可愛ければ赤ちゃんのときからモデルをさせたくなるかもしれない。

「ああ、それ、可愛いだろう？　急に眺めたくなってね」

デレっとした声で、桐谷が言う。

トワのことを語るときの彼はいつも幸せそうなのに、どこか遠くへ目を細めるような顔をする。それが近頃、凛音にはじれったく感じていた。

「どうして……桐谷さんを避けるのかな。所謂《いわゆる》いやいや期みたいなの、弟の小さい頃にもあったような気がするけど……どうだったかな」

もどかしさのあまり、口をついて出た。それまでトワを見つめていた桐谷の視線がこちらに向けられる。いったん感情が噴き出したら、黙っていられなくなってしまった。

「だって、すっげー大事にしてるのが伝わってくるし、トワちゃんだって、ほんとうはパパのことが好きだと思うんです」

「ありがとう。凛音くんはやさしいね」

桐谷はいつもと変わらぬ穏やかな空気を保っている。こういうところは大人だと称するべきだろうか。

それとも俺が子どもなのか？　なんだか無性に悔しい。

「俺の前で、そういう紳士の顔をして取り繕う必要なんてないですよ。思い当たることはないんですか？　何か……とんでもないことをやらかしたとか？」

仏頂面《ぶっちょうづら》で尋ねたら、桐谷は困ったように眉尻を下げて、ため息をついた。

「不安……なのかもしれないな。漠然と……」

そう言い、桐谷は眠っているトワの頬を指でそっと触れた。それは、まるで壊れものを扱うかのような仕草だった。

「不安なのはお互いか。とくにトワが僕を信用してくれていないんだろう」

桐谷が自嘲気味に言う。だが、いつもの内弁慶《うちべんけい》とかヘタレなときの空気とは違って、真実味を帯びている。ますます彼の胸の内が気になってしまう。

「どうして、そう思うんですか？」

「まあ、色々あったからね。元妻とはね、会社関係のお見合いからはじまったんだ。君がここへ来た当初のように、だらしない僕に呆れて離婚届けをつきつけて出ていったんだ。そしたらある日、元妻が僕のところに押しかけてきて、一歳になったばかりのトワを置いていったんだ」

桐谷はそう言い、睫毛を伏せた。

「そういえば前にも聞いたことありましたけど、置いていったって……そのあと、元奥さんはどこに？」

目に見えぬ女性に苛立ちを感じつつ、凛音が問いかけると、桐谷は首を傾げた。

「さあ、新しい恋人と一緒に海外に行くと言って、それっきり連絡が通じなくなった。去った人を悪く言いたくないけど、自由奔放《ほんぽう》な女性だったからね」

「そんなの自由とは言いません。自分勝手っていうんです。トワちゃんが……可哀想ですよ」

凛音は幼き日の弟たちを思い出しながら言った。

いくら憎たらしくても、やはり可愛かったしひとりぼっちにさせるようなことをしたくはないと思う。

「たしかに妻は自分勝手だ。でも、僕も大概……自分勝手だと思ってる。もしかすると、トワが僕に甘えないようにするのは、ダメダメな父親からの自立の現れなのかなって」

「……トワちゃんは三歳児にしては大人びていますけど、でも、やっぱり三歳の女の子なんですよ。現場に行くのだって、きっかけはパパだったかもしれないけど、そのパパと離れたくないから……とかじゃないんですか」

「そうかな？　まあ、寂しがりやだとは思うけどね」

自信なさげに、桐谷は言う。

「そうですよ。だから、絶対に自分から手を離しちゃダメですよ。たとえ信じていても、離された方は不安になるんですから」

凛音は桐谷の背を後押しするように強調した。

桐谷夫婦や親子の境遇は正直さっぱり理解できない。でも、少しぐらいなら気持ちはわかる。大家族の自分勝手さに辟易《へきえき》して、こんな家を出て行ってやると啖呵《たんか》を切った思春期の頃——好きにしなさいと言われたときのやるせなさといったらなかった。

子どもは心のどこかで、親に期待している。どんなことを言っても、無条件で受け入れてくれる愛情を持っていてくれるのだと。その愛情を知りたくて、自分に関心をもってほしくて気持ちをぶつけるのだ。

自分から手を離すのと、手を離されるのとでは、大きな意味の違いがあるのだ。

「凛音くん……」

桐谷の沈んだ声が聞こえて、凛音はハッとする。

「すいません。好き勝手言って。ちょっと世話をしたくらいで……アルバイトの分際《ぶんざい》で偉そうに！　すいません」

あまりにも頭に血が昇りすぎたかもしれない。今さらだけど偉そうにしていた自分が恥ずかしくなってくる。

とっさに俯くと、頭の上に、桐谷の手がぽんと乗った。

凛音が弾かれたように顔を上げると、彼は傷つくどころか、ますますやさしげに微笑んだ。

「君の言うとおりだよ。いやぁ、なんだか妬けるね。君の方がずっとトワのことを理解しているみたいだ。さすがママだね」

深刻にならないようにしたいのか、茶化《ちゃか》すように桐谷が言う。

「女装モデルはもうしませんよ？　ファッション雑誌の隅っこならともかく、CM撮影とか肝《きも》が冷えるような依頼はお断りですからね」

きまりわるくなり、凛音はふいっと視線を逸らす。それに、人たらしの桐谷にいいように使われるのはこれっきりにしておきたい。

「残念だなぁ。似合っていたけどなぁ」

「言っておきますけど、俺が代役を承諾したのはまさか女装だとは思わなかったからですよ。桐谷さん、ぜったいに確信犯でしたよね？」

「いや～可愛かったんだし、大好評だと聞いているし、いいじゃない」

「だから、可愛いとか褒められて、素直に喜ぶ男がそういると思います？」

じとっと睨みつけて牽制《けんせい》すると、桐谷は降参して、両手をあげた。

「ごめん、ごめん」

「……まったく。さて、お風呂はどうしますか？　トワちゃん疲れてぐっすり眠っていて起こすのかわいそうですよね」

「うん……そうだな。もうちょっと様子を見て、目を覚ましそうだったらにしよう」

「じゃあ俺、オネショシーツの替えを持ってきます」

「ありがとう」

凛音はクローゼットルームに移動し、たたんであった洗濯ものの中からオネショシーツを取り出すと、再び部屋に戻った。

それからベッドの上にオネショシーツを敷き、その上にそっとトワを寝かせて、掛布団をかけてやり、ふっとひと息つく。

「あ、買ってきた洋服は水通ししますか？」

凛音はショッピングバッグに目をやり、側にいた桐谷に問いかけた。だが、すぐに回答はもらえず、桐谷はやたらににこにこしている。凛音は怪訝な顔で、その理由を尋ねた。

「なんですか。無言で笑顔でいられると、気味悪いんですけど」

「いやぁ、君と結婚したらこんな感じなのかなって思ってさ」

桐谷の天然発言にぎょっとして、目を丸くした。

「……はっ？　ちょ、俺、今年二十一歳になるんですよ。トワちゃんが十六歳ぐらいになるまで待ったら、三十半ば？　ありえないです」

大家族の真ん中に生まれた凛音としては、結婚願望が薄いどころか、むしろ拒絶したい関係だ。そもそも女の子を好きになることはないし、相手がいても男同士の結婚などそう公《おおやけ》にできるものではない。マイノリティが認められつつある現在の世の中でさえも、偏見《へんけん》の目が完全になくなったわけではないのだ。

そんな自分が源氏物語の光源氏《ひかるげんじ》と紫の上《むらさきのうえ》のような関係になどなれるわけもないし、想像するだけでおそろしい。

「ああそっか。違う違う。僕が、君みたいな子と結婚したかったって思ったんだよ。君ってほんとうに真面目だよね」

桐谷はそう言い、声を立てて笑う。彼の言わんとすることを知り、かあっと顔に熱がこみ上げる。

「それも大問題な発言かと思いますが」

「そう？」

「そ、そうですよ」

凛音はとりあえず流して、余計なことには触れなかった。

（何だっていうんだよ。桐谷さんはゲイじゃないよな？　結婚してたんだし、子どももいるんだし……）

もう、わけがわからない。

不意に目が合って、互いに沈黙した。

「……っ」

湿気を孕《はら》んだ夜気のせいだろうか。いつもと違う空気が漂っているように感じる。

冗談を言わないでほしいといつものようにじゃれつけばよかったのに、なぜか、言葉が出てこない。

その代わり、顔がいつまでも燃えるように熱い。何か言わなきゃ絶対に気まずい。

桐谷はノンケで、他意なんてなく、冗談で言ったのだろう。それなのに自意識過剰になるのはよくない。

（……なんか、話題……話題……）

だんだんと焦りを感じる頃、桐谷の方が先に口を開いた。

「なんかさ、出会った頃から君は変わらないよね。なんだかんだ文句言いながらも、はいはいって世話を焼いてくれてさ。それで思ったんだよ。かわいいお嫁さんだなって」

ははっと、楽しそうな笑い声が漏れてきて、凜音はますます耳まで熱くなっていくのを感じた。

「は、はぁっ？　男を捕まえて、女装モデルの次は、お嫁さんって、なんなんですか」

落ち着け。今の言葉だって深い意味なんてない。

自爆《じばく》して気持ち悪がられたら、アルバイト先を整理して引っ越しをしてきた身では路頭に迷ってしまう。それは困る。

――でも、それだけ？

凛音の中に疑問が浮かんだ。答えが出ないまま、先に白旗をあげたのは桐谷だった。

「ごめん、ごめん。悪ふざけ、しすぎたね」

そう言って、凛音の頭をぽんとやさしく撫でて、子ども扱いをする。それがなんだか悔しい。

「君も疲れているんだし、ゆっくりやすみなさい」

丁寧な命令口調は、彼の穏やかな声をさらにやさしく響かせる。

どういう使い分けをしているんだろう。社長と素の顔と。今の命令口調には、意味があるのか否《いな》か。しょせんは他人だと線を引かれたのだろうか。

もしそうだとしたら寂しいと思う。

なぜ寂しいと思うのか、その理由を自覚しないほど鈍感ではないつもりだ。

鼓動がどんどん速まっていく。頭に血が昇って、こめかみのあたりがずきずきと疼く。

（俺、いつの間にか、桐谷さんのこと……）

滾《たぎ》る熱を下半身に感じて、凛音は自分の浅ましさにぎょっとした。

（バカ、なに反応してるんだよ！　雇い主なんだぞ。トワちゃんの父親なんだぞ）

そりゃあ格好いいけど、普段はあれだ。寝起きの悪いヘタレな雇い主だ。好きになるわけがない。膨れ上がってくるものを抑えるように頭の中を否定の言葉でいっぱいにする。

「そ、それじゃあ、おやすみなさい……」

「うん、おやすみ」

凛音はくるりと背を向け、動揺したことを悟られないようにさっさと部屋を出て行った。

（何、なんだよ……なんであんなこと言い出すんだ）

甘ったるいスポンジケーキを無理矢理流し込んだみたいに喉の奥が詰まるし、みぞおちのあたりが圧迫されるほどドキドキして苦しい。動揺しすぎて過呼吸になりそうだ。

住まわせてもらっている自室に戻り、なんとか気分を落ち着かせようと思って音楽を聞き、風呂を済ませてさっぱりとしたつもりだったが、それからも桐谷の邪気のない笑顔が脳裏にちらつき、悶々《もんもん》とした感情が抑えられなかった。

（桐谷さんのバカやろう。動揺させるなよ）

沸々と滾る苛立ち、恋しさ、ちらつく笑顔。すぐ側にいるのに触れられないもどかしい

感情、それらが凜音の感情を激しく揺さぶる。

ベッドに寝そべりながら、別のことを考えようとした。でも、浮かんでくるのは桐谷のことばかり。ついに凜音は欲望の捌《は》け口を探すべく、自身の昂りに手をつけた。

だめだ、こんなことしたらいけない。そう思っていても、痛いほどに張りつめた欲望を解放しない限り、眠ることなんてできそうにない。

熱の塊に触れ、滴《したた》るいやらしい体液を指でこね回しながら、凜音は桐谷と初めて会ったときのことを思い返した。見惚れるほど格好いい人だと思ったこと。彼の側からすごくいい香りがしたこと。

ある日の朝、ベッドの中で抱きしめられたときに感じた、力強い腕、ハスキーな低い声、下半身に押し付けられた欲望の塊。それから——今日の桐谷の爽やかな笑顔……ちかちかと頭の中に点滅する。

真剣な顔で見つめて、組み伏せられたら……どんなふうにあの人は求めてくれるだろう。どんなふうに触れて、キスをしてくれるのだろう。柔らかいだろうか、熱いだろうか、逞しいだろうか。

（やばい、も、止められない）

「あ……ん、んっ……」

声を押し殺しながら、自分のいい場所を探る。我慢していたものが噴き上がってきて止められない。ついには絶頂へと登りつめ、ひとおもいに吐精《とせい》し、ティッシュの中に、白濁《はくだく》した体液を絞り出した。

どかどかと胸が激しく鼓動を打つのを感じながら、浅い息を吐き続け、朦朧《もうろう》とする意識がゆっくりと戻っていこうとしていたとき。

「凛音くん！　だいじょう――」

突然ドアがおもいきりよく開けられ、凛音はおもいっきり凍り付いた。

血相《けっそう》を変えた桐谷が部屋の中に一歩入ってくる。が、事の状況を察したらしく、一瞬固まった後、顔をさっと背けた。

「ご、ごめん……」

むしろ謝るべきなのは凛音の方なのだが、微動だにできなかった。

凛音の頭は真っ白だった。イった後の思考ではまともに紡ぎだせない。今、どういう反応をすべきか判断できない。何も言葉にならぬまま、石化する。

「えっと、健全な男の子だったら、それぐらいは、当然だよね。勘違いして、具合悪いのかなって。ごめん……その見てないから！　じゃあ、おやすみ」

桐谷は早口でまくしたてて退却した。

ドアがパタンと閉まってから、凛音はやっと石化から解放され、その後、猛烈に後悔した。

「………ッ」

(〜って違うだろ！　絶対に見た――！　うわあああああ、何やってるんだよ、俺……)

穴があったら入ってしまいたい……どころではない。もしも大声で叫ぶことで記憶を抹消《まっしょう》できるのなら、叫んでしまいたい。

しかもただ抜くだけじゃなく、桐谷本人をおかずにするなんて最低だ。

健全だとしても、他人に見せるような行為ではない。

もう絶対に明日、偉そうにベビーシッターもどきをしている場合じゃない。

(最悪……)

凛音はできるなら今すぐにここから消えてしまいたかった。

どんな夜があっても、朝は必ずやってくるものだ。

(つまり、明けない夜はないいんだ、よし！)

凛音は昨晩のハプニングをなるべく思い出さないようにし、桐谷親子の眠る寝室を襲撃することにした。

ノックが無意味な行為だともうわかっているので、気兼ねなくドアノブに手をかけ、おもいきりガチャッと開く。

そして桐谷が寝ているベッドの前に仁王立ちし、舞台稽古の発声練習をするときのように、腹に力を込めて声を発した。

「桐谷さーん！　朝です！　起きてくださーい」

「……」

無言。無反応。

すうすうと安らかな寝顔を見て、いつもの桐谷だと安堵するものの、安心している場合でもなかった。

「はいはい、時間ですよ――！」

桐谷の耳のすぐ側で手を叩いて急《せ》かし、彼の肩をゆさゆさと揺らす。

「うーん……」

一度では起きない、二度も、三度も、声をかけるだけではダメだ。枕にしがみついて離れないし、布団の中にもぐりこんだら出てこない。

スマホのアラーム音と音楽をセットで起こしにかかる。

「起～き～ろ――――！」

大声をあげ、布団を引き離す。引き続き、肩をゆさゆさと揺さぶるが、桐谷は目を開けない。

「ん……もうちょっと、お願いだよ、凛音くん」

「だ――め！」

凛音が叱りつけると、トワがむくっと起き出し、泣く寸前の顔をした。凛音はとっさに自分の耳の穴に指を突っ込む。

二秒ほど遅れて、

「うわぁぁぁん」

……と耳を劈《つんざ》く泣き声が響きわたった。

「はぁ……トワが先だったか。ごめんな、うるさかったよな……」

「うあぁぁん！　あぁぁん！」

「とりあえずオネショのチェックからしようか……」

凛音はぐったりする。もうこの光景にもいい加減に慣れた。進歩がないのだが、何か特別な工夫をすべきなのだろうか。

トワに力いっぱい泣かれると、凛音まで泣きたい気持ちになってくる。子どもは素直な生き物だ。本能のままに行動する。だから、周りにいる人間の胸を打つのだろう。

「トーワ、だいじょうぶだから、泣くなー。あこがれのプリティ・バニーに心配されちゃうぞ」

凛音はトワの頭をよしよしと撫でてやる。少し待つと、トワの気持ちも落ち着いてくる。その間に、桐谷の焦点がだんだんと定まってきていた。

そして、いざ視線が交わった瞬間、凛音はとっさに視線を逸らしてしまった。

やっぱり、昨晩のことを思い出すと気まずい。あまりにも生々しい行為を見せつけてしまった。頼むから、記憶から抹消してほしい。思い出さないでほしい。

こっちが気にしていれば、桐谷だって気にするかもしれない。ここはこっちから切り出すべきか。それともあれはあれで終わったことにしてスルーすべきか。

しばし羞恥心と闘い、悶々としていると、トワがベッドから降り、凛音のジーンズを引っ張った。なんだか、こころなしか顔が赤くなっている気がする。

「どうした？　トワ」

「おちっこ」

もぞもぞと腰を揺らして、落ち着かないような表情を浮かべる。いつもと違ったトワの仕草を見て、凛音はハッとして、ベッドの方を見た。思わず手を伸ばしてシーツを触ってみたら、濡れていなかった。

「トワ、教えてくれたんだ！　オネショもバイバイできたんだね。やった！　すごいじゃん」

うれしくなって、トワの小さな手を引っ張る。彼女も恥ずかしそうにしながらも、得意げな顔をした。

だが、次の瞬間、トワは焦ったように、凛音の手をぐいぐいと引っ張る。

「りおん……トワ、もれるー」

その場で地団駄を踏むトワを見て、凛音はハッとする。

「もれる!?　よし！　急いでトイレ行かないと！」

張り切った凛音の声で、桐谷もようやく目を覚ましてくれたらしい。

「りおん、くーん……待って。おまるの取り付け蓋があるから」

寝起きの掠れた声で桐谷はそう言い、凛音とトワを追いかける。しかし、うさぎのように素早くぴょんぴょん飛んでいるトワに比べ、のんびりすぎる亀状態だ。

「パパ、はやく……はやくっ」

トワが地団駄を踏む。凛音も一緒にはらはらした。せっかくトワがオネショを卒業できそうなのだ。ここで漏らしてしまっては、子ども心を傷つけてしまうに違いない。そしたらまたオネショ生活に逆戻りだ。

「桐谷さん、早く！」

桐谷は寝癖をつけた寝ぼけ眼《まなこ》で、あたふたと大人の便器に子どものおまるの上蓋を取りつけた。

「よし、いいよ。お待たせ」

すかさず凛音はトワを抱き上げた。

「じゃあ、乗せるよ。どうぞ」

便座に座ったトワは無事にことを済ませ、見守っていたトワと桐谷は顔を見合わせて、ホッとひと息ついた。

「やった、やった、トワ、やったじゃん」

トワにハイタッチを求めると、彼女はおむつをよいしょと自分で穿き直して、はにかんだように頬を緩ませる。

「うんうん！　やったぁなの！」

「おめでとうートワ」

「わぁい、わぁい。おねしょさん、バイバーイ」

ぴょんぴょん、またうさぎのように跳ねて、トワが喜ぶ。それを見ていたら、凛音まで嬉しくなった。

「うんうん。ジャーっと流して、手を洗わないとね」

トワは凛音を見上げた。どうやら、ちらちらと桐谷を意識しているようだ。

「……ほら、褒めてほしいんですよ、パパにも」

凛音はひそひそと小声で言って、桐谷を肘で突く。

「トワ、やったな」

桐谷が言うと、トワはもじもじと凛音の影に隠れ、ツンとそっぽを向いた。

やはり、そう簡単にはいかないようだ。父も娘も。

(あ〜……いい感じのときもあるのにな……惜しい！)

心の中で残念がりながらも、凛音は笑顔を崩さずに、トワの気分を持ち上げた。

「えっと、じゃあ、一緒に手を洗おうか」

「うん！　トワ、おてて、あらうー！」

にこにことトワが笑う。この天使のような笑顔をどうしたら桐谷の方に向けさせてあげられるだろう。先は長いかもしれないが、なんとか少しずつ前進したいと凛音は思う。

それから洋服に着替えさせると、トワは凛音の膝にやってきてちょこんと座った。てっきり髪を結ってほしいのだと思ったのだが、違うらしい。

「まー……」

胸のあたりを小さな手に弄られ、くすぐったさのあまりにのけぞると、トワがものほしそうな瞳で指をしゃぶり、凛音のシャツの上から乳首を狙って、かぶりついてきた。

「わっ！　ちょ、待った、トワ！」

（さすがに母乳は出ないぞ、母乳は！）

しかし、トワは甘えるようにくっついて離れない。その仕草はトワが凛音本人を求めているというよりも、三歳児の本能でそうしているような仕草だった。

「どうしたの？」

遅れて着替え終えた桐谷がリビングにひょっこり顔を出す。

「あの、実はトワちゃんが。こんなこと今までなかったのに。赤ちゃん返り、みたいな感じですかね」

「……うーん、潜在的に、ママが……恋しいのかな」

桐谷がぽつりと言った。離婚した元奥さんのことは、あまり話題にしたくないことだろう。凛音はなんとかフォローしようと口を開く。

「俺が男だって、トワは最初に出会ったときからわかってるし、すごく賢い子だし……でも、そういえば、撮影のときも触られたんだったよな」

トワは凛音をじっと見つめて、それからばつが悪そうに凛音から離れて、ふいっと背中を見せてしまった。

桐谷が微妙な顔をしているし、トワは不機嫌になってしまった。こういう時どうしたものか。

凛音はうーんと唸りながら、パチンと閃《ひらめ》いた。

「そうだ！　こんなときは甘いものを摂るんだ！　おっぱいよりも美味しいイチゴミルクを飲もう！　俺も疲れた時に飲むんだよ。すっごくおいしいから」

凛音は歌の番組のお兄さんを見習うように、声を高らかに張り上げ、彼らに提案する。

「いしご、みるる？」

トワが首を傾げる。

「うん、いちご、みるく、だよ。待ってて」

不思議そうな顔をするトワの髪を撫でてやり、凛音はキッチンに立った。

「僕も手伝うよ」

桐谷もついてきて、凛音の側にやってくる。

凛音はさっそく、今夜のデザートにとっておいたイチゴのパックを開ける。

「へたをとってもらえますか？」

「了解」

ふたりしてへたをとり、キレイになったイチゴを何粒か牛乳と砂糖と一緒にミキサーにかける。そしてできあがったイチゴミルクをトワのコップに注ぎ、二つのグラスにも同じように注いだ。

「皆で飲もう！」

「うん。いただこうかな」

それぞれがコップに口をつける。

「おいしい」「うまい」「おいち」

三人で声がハモって、凛音は桐谷と一緒に笑った。弾んだ声の三重奏に気持ちが和《なご》み、胸がきゅっと締めつけられる。

トワの口元を見れば、白ひげを生やしたみたいに唇の周りが濡れていた。

「こぼれてるよ」

指でぬぐってやり、ぺろりと舐めてみる。トワも見よう見真似といったふうに、自分で口元を拭い、指をしゃぶった。

「ん、甘い……」

「凛音くん、君もついてるよ」

と桐谷が笑い、頬についた滴《しずく》を拭ってくれた。

「わ、人のこと言えない」

「夢中になって飲みたくなる気持ちはわかるよ」

と、桐谷は笑う。

こんなふうに過ごす日常が、いつの間にか凛音にとってなくてはならないものになっている。桐谷はこの先もずっとトワと一緒だ。でも、凛音はずっと一緒にいられるわけじゃない。そう考えると、なんともいえない寂寞感《せきばくかん》が胸に広がっていく。

（な～んて、俺……何考えてるんだろう。そんなの当たり前のことなのに）

「当たり前……か」

無意識にその言葉が口をついて出た。

「凛音くん？」

桐谷に顔を覗き込まれ、凛音はハッとして取り繕った。

「あ、何でもないです」

「君はやさしいし、頼りにしてる。けど、あんまり思いつめないようにね」

桐谷が心配そうに見つめてくる。彼のやさしい瞳、穏やかな甘い低音……それらに、いちいちドキドキする浅ましい自分がいやだ。

「だ、大丈夫ですよ。若いんですから」

そう言った時だった。桐谷の指でつっと濡れた唇をなぞられ、目を丸くする。

「唇だけじゃなくて、指も濡れているよ」

さらに、凛音の指が彼の唇にぱくりと含まれてしまったのだ。

「……っ」

凛音はたまらず声をあげそうになって、喉にたまった空気をなんとか嚥下《えんか》した。生温かい口腔《こうこう》の濡れた粘膜に絡めとられる間、ぞくぞくと腰に疼き走り、思わずごくりと喉を鳴らす。

伏せられた睫毛と、形のいい唇と、その仕草があまりにも官能的に感じられ、腰の奥に熱いものが溜まりそうになる。

ほんの僅か数秒のことだというのに、桐谷に舐められた指先が、痺れたみたいに震えてしまっていた。

昨晩、妄想した桐谷の感触よりもずっと生々しくて、向けられた瞳に、すべてを見透かされているような気がして、落ち着かなくなる。

「ほんとうに甘いね」

くすっと無邪気な微笑みを向けられ、凛音はしどろもどろに言い訳をする。

「で、ですよね。えっと、砂糖、いれすぎたかな」

桐谷の顔を直視できない。

イチゴミルクは、たしかに甘い。けれど、なんだか……すごく苦《にが》い。

うまく飲み込んだ気がしなくて、喉のあたりがじんとした。

昨日あんな失態《しったい》を見せたばかりなのに、頼むからこれ以上、刺激を与えないでほしかった。

自分みたいな男が、桐谷のような人を、そう簡単には好きになってはいけないのだから
――。

◇4

劇団が行うオリジナルの舞台公演まで残り一ヶ月を切る頃——。

この舞台でうまくいけば、次の演目ではもうちょっといい役を考えるつもりだと監督と座長から言われている。

だから、練習に集中しなくちゃいけない。いけないのだが……、少しでも考える時間ができると、桐谷のことを考えてしまっていた。

(はぁ……恋わずらいとか、アホか。俺の本業はこっちだろう……しっかりしろよ)

頬を両手でばちんと叩いて自分を叱咤《しった》し、ロッカールームで早々と着替えを済ませる。

稽古場に顔を出すと、シェアハウスで一緒に生活していた先輩の村上健二《けんじ》が声をかけてきた。

「おっす。奥村、最近どうよ～」

「ちわっす。まあ、ぼちぼちですよ」

凛音が挨拶をすると、村上はストレッチをしていた身体の動きをとめ、首をかしげた。

「……にしても、おまえ、顔つきが変わったな」

「え、そうですか？」

凛音は思わず、自分の頬を触った。

「随分と所帯じみたっていうか。シェアハウス出て行くっていうから、気になってたんだけど、もしかして……彼女ができて同棲でもはじめた？」

村上が好奇心たっぷりの目を向けてくるので、凛音は若干身体を引いて、即座に訂正する。

「違いますよ。彼女はいません」

「あのモデルの代役頼んだあたりからだろ？　おまえがなんか変なの」

内心ぎくりとしつつ、平静を装って答える。

「関係者の伝手《つて》で、住み込みのバイトしはじめたんです。家賃と光熱費がタダだっていうんで」

やれやれ。気分を入れ替えるところだったのに、とんだ水を差されたものだと思う。そんな凛音の気など知らず、村上は喜々として絡んでくる。

「マジで。本当にパトロンが出来たのか！」

「そんなんじゃないですって。割のいいバイトだったんで、掛け持ちするより楽かなって」

……実際は楽ではないけれど、とりあえずそう言っておく。

だが、村上は胡乱《うろん》げに凜音をじっと見つめてくる。まったく納得していない様子だ。

「耳まで赤くしといて、何隠してんだよ。おらおら正直に吐けって」

肘でぐいぐい押されて、凜音は逃れるように仰《の》け反《ぞ》る。

「や、やめてくださいっ。赤くなったのは、さっき顔を洗ったからですよ。俺のことより、先輩は彼女さんとどうなんですか」

「矛先《ほこさき》変えんなよ。顔にぜんぶ出てんだよ。ごまかすのが下手なやつ。ったく、純情だよな。早く童貞《どうてい》捨てろよ～」

「ちょっ！　大きなお世話ですって。それ、言いっこなしでしょ！」

さすがにそのネタは封印してほしいし、あまり人に知られたくない。わかっていて村上は脅しに入っているのだ。

にやにやと笑われ、凜音はどうしたものか戸惑う。

桐谷のことは好きだと思う。たぶん……いや、惹かれているのは事実だ。けれど、学生が好きな子の話をするのとはワケが違う。桐谷は芸能プロダクションの社長であり、雇い主であり、一児の父なのだ。好きな相手が男だということを話すことはできない。

「じゃあ、言えよ。引っかけたモデル、どんな子なんだ？」

すっかりモデルの子だと思い込んでいるらしい。村上の執拗な攻撃に、凛音はついに折れた。

「はぁ。子っていうと……違うっていうか、年上の人ですね」

「おおっ」と歓喜の声があがる。男とは言えないが、年の差があるのは本当だ。

「どんなタイプ？　華があるとか清楚だとか」

「仕事はすごいできる人で……かっこいい感じで……」

「ふうん。クールビューティーってやつかぁ。意外だけど、いいじゃん」

「……でも、家に帰ると何もできない感じで、笑った顔がかわいくて、放っておけないっていうか」

凛音はそこまで口走ってから、人の気配を感じて振り返った。

今まさに脳内で思い描いていた人物と重なるように、ホールの入り口付近に似た人を見かけたのだ。

他人の空似《そらに》かと最初は思った。だが違う。毎日見ている人を見間違うはずがない。

（あれっ、桐谷さん……なんで、ここに……）

舞台監督と何か話をしているみたいだ。

桐谷も凛音に気付いたらしい。やあと軽やかに手を挙げた。

「なになに、奥村君の知り合いなの？　すごいイイ男じゃない。私に紹介してよ」

劇団の女の子が、凛音と村上のところに首を突っ込んできた。

「いや、えっと……」

なんて説明したらいいのか困ったが、仕事の繋がりで来たのかもしれないし、適当に紹介はできない。

「モデルのアルバイトでお世話になった、芸能プロダクション・プレシャスの桐谷社長だよ」

「うっそ。プレシャスの。それならそうと言ってよ」

女の子の声がたちまち弾んだ。容姿端麗しかも有名な芸能プロダクションの若社長を前にすれば、これが普通の反応だろう。但《ただ》し、普段のあの姿を知ったらどうなるか。

自分だけが知ってる優越感と女である彼女への小さな嫉妬と……不思議な感情に苛《さいな》まれる凛音の胸の内など知る由《よし》もなく、桐谷は紳士的な笑顔で声をかけてきた。

「お疲れ様」

「桐谷社長こそ、お疲れ様です」

「邪魔して悪いね」

「いえいえ」と凛音の代わりに劇団の女の子が答える。すると、「こらこら、おまえはこっち」と村上が女の子をその場から連れ出した。村上はよく凛音をいじるが、こういうときは気が利く先輩で助かる。

「すみません、なんか」

桐谷は気を悪くすることなく微笑んだ。

「いいよ。元気いっぱいでいいね」

「今日はどうしたんですか？　何かあったとか……」

凛音はトワのことを思い浮かべる。桐谷は首を横に振った。

「用事があってたまたま来たんだ。そしたら、君の姿を見かけて、様子を見てみようかなと思ってさ」

「そう、だったんですね」

気にかけてもらえたことが嬉しくて、頬が熱くなってくる。

（……って、喜ぶな……オレ）

自分のダダ漏れの感情が周りに気付かれはしないかと内心ひやひやした。

「今度の舞台っていつ？」

「八月下旬から九月の初旬予定ですよ。夏の間は稽古づくしで、正式な日程はこれから調整があるみたいです」

「そっか。その舞台、観に行ってもいいかな」

「もちろんです。あ、俺は駆け出しなんで、ちょい役ですけど」

「いいんだよ。君の姿が見られるなら。じゃあ、頑張って」

——君の姿が見られるなら。

その言葉に、何も反応できなかった。胸の中心を撃ち抜かれた気分だった。

桐谷は背を向け、隅の方で待機していた秘書らしき女性と一緒に出て行った。トワはベビーシッターのところだろうか。

凛音はその場でしゃがみこむ。そして赤くなりつつあった顔を押さえた。

（……反則だ、あーいうの。さらっというんだから、ずるい……）

「休憩をおわり。はじめるぞー」

座長から声がかかり、劇団員たちが集まる。凛音は慌てて立ち上がり、団員に合流した。

それから、各々役ごとに舞台監督から指示や演出の説明を受け、練習に入っていく。

凛音はというと、まだ役名をもらえたことはない。村人Aなどのちょっとした役だ。セリフもかなり少ない。でも、桐谷が見てくれるなら、そのときだけでいいから、自分にスポットライトが当たらないだろうか……という欲が湧いてくる。

いいところを見せたいというより、がっかりされたくないという気持ちの方が強いかもしれない。せめて、真剣にやっているのだということは、わかってほしい。

（俺、なんであの人のことばっか気にしてるんだろう……）

この間から、桐谷のことを想うと、動悸が止まらなくなる。

自分はハウスキーパー兼ベビーシッターを頼まれた人間でしかないのに。

もしもこの気持ちを本人に知られたら、間違いなく解雇されてしまうだろう。くれぐれも、好いてもらえているかもなどと期待してはいけない。ある日突然、一緒にいられなくなるのは嫌だ。接点がなくなるなんて耐えられない。だったらこの気持ちは、絶対に蓋をしておかなくてはならない。

自分の内側に滾る情熱をどうにか抑えるように自分に言い聞かせて、凛音はその後も稽古に打ち込むのだった。

◇5

週末、凛音は買い物に出かけたあと、トワのいる撮影場所へと向かった。ベビーシッターと世話係を交代するためだ。

初日とは違って、今ではスタッフ用のＩＤ《アイディー》カードをもらっているので、スタジオの中にはすんなりと通れる。

指定されたスタジオの番号を確認して扉を開くと、以前に凛音が女装モデルをしたときのヘアメイク担当だった矢野とばったり出会った。

「あ、奥村くん、お疲れ様！」

「ども」

凛音が会釈をすると、矢野は満面の笑顔を咲かせた。

「今、社長に声をかけてきますね」

「はい。よろしくお願いします」

しばしその場で待つこと五分ほどで桐谷の姿はすぐに見えた。だが、彼はケータイを片手に持ち、なにやら画面を確認しているようだ。

「ごめん、取引先だ。折り返しの電話しないと。ちょっと待っていて」

桐谷はすまないと手で合図をして、ケータイを耳にあてながらスタジオを出て行った。

「……ですって。今のうち、お茶でもどうぞ」

矢野がそう言って、凛音をスタジオの外に連れ出してくれた。

案内されたのはスタッフ用の休憩所だ。そこは十二帖《じょう》ほどの和室になっている。テーブルの上には麦茶とお菓子が置かれてあった。

「仮眠してる人もいるけど、気にしないでゆっくりしてくださいね」

たしかに部屋の隅で、眼鏡をかけたまま眠っている人がいる。

「すみません。じゃあ、お邪魔します」

「どうぞどうぞ」

「あ、そういえば、奥村くんの劇団に、プレシャスがスポンサーになりたいって申し出たみたいですよ」

「えっ、スポンサー？」

そんなの初耳だ。桐谷の口からそういった話題を出されたことは一度もない。

「なんでも未来ある若者を応援したい……とか、舞台監督や座長と話をしていたらしいですよ。俳優志望の子を育成するつもりとか」

「そうだったんだ……」

仕事のことは家であまり話すことはないけれど、今度の舞台についても聞かれたし、あれも取材ついでだったのだろうか。ひとりで喜んで張り切っていたのがちょっと恥ずかしい。

結局、その他大勢と一緒っていうことだよな。そう考えると、むしょうに悔しくて、落ち込む。

「電話の相手、例の人でしょうか」

矢野が急に声を潜める。彼女の意図することがわからず、凛音は首を傾げた。

「え……例のって……？」

「桐谷社長の新しい恋人ですよ」

「……え？」

理解するのにしばし時間がかかった。

（桐谷社長の、新しい恋人……）

その言葉を受け止めた途端、心臓がどくりといやなふうに脈を打った。

たちまち、不安で胸がいっぱいになり、呼吸ができなくなりそうになる。

「そんな……」

嘘だろう？　そこから声にならない。

「あら、奥村くんは聞いたことありませんでした？」

凛音は、頷くのだけで精一杯だった。

「お相手の女性、何度か現場にも顔を出していて、再婚するんじゃないかっていう噂なんですよ」

再婚――決定的な言葉を突きつけられ、頭の中が真っ白になる。

トワを女性に懐かせようとしていたのも、そのため……？

「奥村くん、大丈夫ですか？　顔色が悪いみたいですよ」

矢野に顔を覗き込まれ、凛音はなんとかその場を取り繕う。

「最近、舞台の稽古が忙しくて、食事もさっと済ませてるから、栄養不足なのかも」

「それじゃあ大変。栄養補助食品のクッキーならあるから、よかったら食べてください」

心配してくれた矢野に申し訳なく思いながら、お菓子のパッケージを開けて、クッキーをひと齧《かじ》りする。けれど、味は全然わからなかった。

そのあと、桐谷が戻ってきて、トワと一緒に帰宅する間も、そのことばかりが頭の中を占領してやまなかった。


その日の夜――。

トワは疲れていたようで、お風呂からあがって湯冷ましを飲ませると、すぐに眠たがってベッドに入り、ぐっすりと眠ってしまった。

凜音はトワの手前、悶々とした気持ちをずっと抑えていた。

桐谷は冷蔵庫からペリエを持ってきて、一本手渡してくれた。それをきっかけに、凜音はついに抑えきれなくなり、口を開いた。

「あの……俺、ヘアメイクの矢野さんから話を聞いたんですけど、桐谷さんは再婚を考えている……恋人がいるんですか？」

訥々《とつとつ》と問いかけると、桐谷が驚いたような顔をして、それから言葉に困ったような表情を浮かべた。

「ああ、それは勘違いだよ。付き合っていないし、恋人ではないけど、色々仕事関係で紹介されてね。誰かと……再婚をした方がいいかなというのはずっと考えているよ」

桐谷がペリエの瓶に口をつけながら、至極《しごく》当然のようにさらっと言う。それを事実だと認めたくなくて、耳を塞ぎたくなった。

「なんで……」

喉の奥が乾いて、そこからうまく言葉が紡げない。

「僕がこんなんだから、トワには母親が必要なんだと思う。けど、元妻は行方知れずだし、やり直すつもりはさらさらない。トワのためというよりも、僕が……甘えたいのかな、なんて」

自虐的に言い、桐谷はこちらを見ようともしないで、背を向ける。

「甘えたい……んだったら、今のままだっていいじゃないですか」

凛音はとっさに口走っていた。しかし、桐谷はやはり振り向いてくれない。

「君だって未来があるんだ。いつまでも僕の事情で振り回して、束縛しておけないよ」

桐谷は冗談だと思っている。彼の横顔は凛音の発言を受け流すように笑っていた。

「……そうやって突き放すくらいなら、束縛してくれたらいいのに」

「え……？」

桐谷がやっとこっちに振り向こうとしたそのときだった。

「いやなんだ……っ。再婚なんて……しないでくれよ」

凜音は思わず勢い余って、桐谷の背中に抱きついた。その弾みで、手に持っていた緑色の瓶が床に転がる。でも、構っていられなかった。

離れたくなくて、ぎゅっとしがみついたまま、必死に無言のまま訴える。いろんな感情が膨れ上がりすぎて、どう言葉にしていいかがわからなかった。

「凜音くん……急にどうしたの」

「わからない。急なんかじゃない。俺の本音、知ってほしくて……何がなんだかもう、止められなくて」

「こんなの君らしくないよ」

戸惑ったような声を出した桐谷の背が強張る。心臓が破けそうなほど激しく音を立てていた。

こんなのは違う。桐谷を困らせるつもりじゃなかった。今ならまだ戻れる。冗談ですよ、と一言紡ぐことさえできれば……葛藤に悩んだ末、身を引こうとした。

だが、次の瞬間――。

強く腕を引っ張られ、見上げた拍子に、上から覆いかぶさるようにキスされて、凜音は目を見開く。そしてすぐに、息ができなくなった。

「ん、……ん」

強引なキスだった。もがけば熱い吐息と共に舌が中に入ってきて、激しく貪《むさぼ》られる。独占欲を向けられるのが気持ちよくて、思うままにされたい欲求がこみ上げてくる。桐谷が凛音の舌を欲しがるままに翻弄するように、凛音も同じように舌を絡めて応じた。

苦しくなって、どちらともなく唇を離すと、桐谷は低い声で凛音を咎めた。

「なんで、僕を煽るようなことするの」

「だって、桐谷、さんが……」

言い訳をしたいのか、キスをした理由を追及したいのか、どちらもの感情が一気に膨れあがって、何を口にしているのかわからなくなっていた。その代わりに涙がこみあげてきてしまう。

「なんで、泣くの……？　君がそんなふうだなんて、僕は戸惑うばかりだよ。誰にでもそうやって誘惑するの？」

桐谷は凛音を追いつめるように問う。だが、それは責任を問い質《ただ》すものではなく、ひたすらに熱の在処《ありか》を期待して求めるような、甘い声色だった。

「ちがうっ。俺っ……俺は……桐谷さん、だからっ……」

うまく言葉にならないのがもどかしい。もうずっと胸の中にあった想いなのに、上手に説明することができない。

そんな凜音を見つめて、桐谷はふっとため息をつく。熱っぽく瞳を揺らし、凜音の肩を掴む手にもぐっと力がこもる。

「ずっと、抑えていたつもりだったんだけど……だめだ」

「……桐谷さん？」

「言っちゃ悪いけど、僕はそっちの趣味はないはずだった。だから、凜音くんと一緒にいて、この感情が何なのかわからなくて、君をめちゃくちゃにしてしまうんじゃないかって……自分が時々おそろしくなったよ。そういうの、ずっと隠してたのに……」

桐谷の熱の入り混じった声が、戸惑いに震えていた。

「ほんとうに？」

「ああ、君にけっして分かられないようにね。なのに……壊さないでよ」

うれしい……と思った。桐谷を困らせていることは申し訳ないと思う。それ以上に凜音はうれしかった。

「俺のせいなんだったら、責任とります。俺を、めちゃくちゃに壊してくれて構いません。俺だって……限界なんです」

凜音は自分で何を言っているのかもうわからなかった。恋らしい恋なんてしたことがないし、きっと恋をしても相手に引かれるぐらいなら秘めたまま眺めるだけでよくて、今までもこれからもきっと役者として生きていけば、誰かとの未来を考えなくてもいいとさえ思っていた。

なのに……。

この人を離したくない。そんな欲求が次々に湧き上がってくる。

「いいの？　どう手加減していいかわからない。こんな気持ち、初めてなんだ……ほんとうに壊しちゃうかもよ」

いつになく思いつめた声を聞いて、自分がそうさせているのだと思うと、たとえようのない高揚感《こうようかん》に苛まれ、わけもなく泣き出したくなった。

「桐谷……さん」

「実を言うとね、今まで僕は、こういうふうに昂ることができなかったんだ。妻が出て行ったのも、それが一因《いちいん》なんだよ。恥ずかしいんだけどね」

「そう、だったんですね。でも、恥ずかしいことじゃ、ないですよ」

凛音はやっと納得した。離婚の原因を話したがらなかったのは、そういうデリケートな問題だったからなのだ。

「ありがとう。君はやさしいね。僕が男として誰かに欲情したのも、君が……初めてだよ」

桐谷の大きな手が、凛音の華奢な顎の輪郭を包み、再び、唇を奪った。

「ん、んんっ……」

何度も唇を啄《ついば》まれ、桐谷の息遣いがどんどん乱れていくのが伝わると、嬉しくて、身体が反応する。

「かわいい、凛音くん。君が許してくれるというなら、めちゃくちゃにしたいよ」

「……は、……ぁン」

舌が深く潜ってくる。普段の桐谷からは考えられないほど荒々しく、覚えたてのキスを試すように、執拗に舌を絡め、酸素が足りなくなるほどに互いの唇を縫い合わせた。

やがてキスだけでは足りなくなった桐谷が、凛音のシャツを暴き、首筋に舌を這わせてくる。皮膚を噛みつくように吸われ、腰の奥に疼きが走った。

「んっ」

「場所を変えよう。もっと君がほしい」

桐谷が強引に凛音の腕を引く。

寝室に移動し、ベッドを前にした途端、噛みつくようにキスをされた。

ベッドになだれこみ、再び、桐谷の肌の熱さを感じ取る。彼の心臓の音もとても速い。

それがとても嬉しい。

飽きずに何度もキスをした。唇が腫れるのではないかと思うほど、貪った。

手加減できないと言いながら、触れる手はどこまでもやさしく、その代わり……唇や舌は、淫らに凛音の身体を求め続ける。

「あ、ぁ……っ」

胸の先を舐められ、びくんと弾かれたように身体がはねた。声を出すのが恥ずかしくて我慢しようと思うのに、こらえきれなくて漏れてしまう。

野生の獣みたいな瞳を向けられ、ぞくっとする。もう既に、視線だけで肌をなぞられているようにも感じて、全身が期待に戦慄《おのの》いていた。

「はぁ、……ぁっ」

「興奮、してるんだね。いいよ、さらけだしてよ。君を知りたい」

「……あっ……」

首筋に這うやわらかい唇が気持ちいい。途方に暮れたように彷徨《さまよ》う手や、指の感触も、おそるおそるといった風に、乳首の先を弄る指先に翻弄され、腰がびくびくと揺れた。

「ねえ、どうするといいか教えてくれないかな」

そう言いながら、桐谷は凛音の弱いところを的確に捉えていく。その指先がくすぐったくじれったい。

「あっ……男、同士なんだから、わかるだろ……」

まさか桐谷とこんなふうにする日が来るなんて思わなかったから、恥ずかしくて、つい悪態《あくたい》をついてしまう。

でも、どうされたいかなんてとっくに結論は出ている。気を抜いたら自分から懇願してしまいそうなほどに。

「君が望んでること、わかるつもりだよ。でも、君が欲しいようにしてあげたいから。乳首は……指より、舐められた方が好き？」

そう問いかけながら、桐谷の指が、凛音の突起を摘む。想像していた以上に甘い痛みだった。

「あっ……やだっ……聞かないって」

「君の反応をぜんぶ、逃さないようにしたいんだ」

指で弄った粒に唇が触れ、甘い旋律が走った。次の瞬間、ちゅっと軽い音を立てながら胸を吸われ、なめらかな舌が敏感な突起を愛《め》ではじめる。そこはすぐに隆起して硬くなった。

「んんっ」

のけぞろうとする凛音の乳首を深く咥《くわ》えこみ、桐谷は執拗なまでに舌先を擦りつけてくる。びくんびくんと腰が揺れた拍子に、硬く膨れ上がった熱棒が桐谷の手のひらにおさめられてしまった。

「あっ……触ったら、だめっ……」

上下にやさしく擦られ、瞼の奥がじんと熱くなる。

「嘘はいけないよ。知られるのが恥ずかしいんだ？　もう先走りが、とろとろだね」

上下にしごきながら先端から溢れてくる滴をぬるぬると指の腹で塗り広げられ、一方では乳首に歯を立てられ、ぶるりと身震いをする。その対照的な快感がそれぞれよりいっそう愉悦《ゆえつ》を煽り立てて、頭の中が真っ白になりそうになる。

「ふ、ぁっ……いじわる、やだっ……」

自分のものじゃないような声が漏れて、恥ずかしくてたまらないのに、桐谷に触れられることが嬉しくて、身体は火照《ほて》っていくばかりだ。

今すぐにも吐精したい衝動に駆られて、腰を揺り動かすと、根元を握られ、もどかしさにため息がこぼれる。

「ん、まだイっちゃだめだよ、凛音くん。まだ……かわいがらせて」

桐谷の手がやさしく宥めるように上下し、凛音の耳元で彼は囁く。

「あの日の夜、君が想像していたのは、こんな感じ？　僕とこうすることを望んでいた？」

「んんっ……はぁ、……っ」

凛音は首を振る。そんなこと言って辱めないでほしかった。わかってるくせに。一人で虚《むな》しく扱《しご》いていたときとは比べものにならない。なるはずがない。

「ねえ、どっち？」

それでも桐谷はいじわるに煽る。案外、彼はS《エス》の気質があるようだ。スマートな人たちの彼らしいと言えばそうだし、素顔のヘタレの彼からは想像もつかないほど野性的ともいえる。不思議な魅力に翻弄される。

「……いいっ……桐谷、さんが、いいっ……」

気づいたら、凛音はそう叫んでいた。

「ああ、すごいね。また溢れてきた。イきそうなぐらい、かちかちだね」

節くれだった指に絡めとられ、ねっとりと手のひらで弄られ、どくどくと脈が速くなっていくのを感じる。

イきたい。でも、まだ感じていたい。その両極の想いに何度も揺れた。ぞくぞくと這い上がる快感にのけぞると、根元を強めに握られ、うなじから背筋へと舌が這わされる。

「ふ、ぁっ」

思いがけない刺激に、凛音はびくりと身体を揺らす。

「ごめん。痛くしないようにするから、許して……」

耳の側で声が聞こえたかと思った。次の瞬間――。

「ああっ」

太く張りつめたものが窪《くぼ》みに埋まり、先端がねっとりと溶けるように密着したかとおもいきや、いきなりぐぷりと中に押し入ってきた。

「んんっあっ……」

目の前が明滅する。痛みと快楽と妙な違和感に悶え、そして、とろけるような快感に頭がふやけそうになる。与えられた未知の痛みに、思わずシーツをぎゅっと握りしめた。

「いた、……っ……っ……」

「なるべく、ひどくしないようにする、から……力、抜いて」

そう言い、桐谷はゆっくり拓いてゆく。凛音は小刻みに震えながら、なんとか力を抜こうとした。前から責められている熱棒から、どっと体液がこぼれていくのがわかる。シーツはもうぐちゃぐちゃだった。

体格差があるから仕方ないかもしれないけど、桐谷の熱棒はけっこうな質量があり、おまけに刀身《とうしん》のそりあがった部分が柔らかい襞をいい具合に擦りつけてくるのだ。

「はぁ、あっ……ぁっ……」

「あんまり声、出さないで……トワが起きちゃうよ」

「や、だってっ……んん」

桐谷の長い指が、凛音の唇をなぞり、舌を捕らえた。凛音は桐谷の指をしゃぶりながら、半身から拓かれる痛みにこらえ、その合間にせり上がってくる愉悦に耐えた。

「もっと奥に挿《い》れるよ。したことないから……下手だったらごめん」

「俺、だって、……初めてで、わかんない」

「……っ」

「ったっ……なんで大きくなって、るんですか」

「ごめん。勝手かもしれないけど、君が嬉しいことを言うからだよ」

痛くならないように気遣ってくれながら、それでもこらえきれなさそうに漏れてくる吐息や、ゆっくりと律動《りつどう》をはじめ、控えめに打ち付けてくる動きが愛おしい。

「もっと、して、いいから、して……」

凛音は泣きながら訴える。

「君が辛くなって、後悔するのはいやだよ。もっと慣らした方がいいでしょ」

「だって、限界……なんだ、きもちよすぎて……たまらないっ……からっ」

ずっと桐谷のことを考えていた。今はもう彼以外のことを何も考えられない。全部を埋め尽くされてしまいたい。

「……やばいな。そんなに可愛い声出さないでよ。もう全部、爆発しそうだ」

その声が好き。触れてくる手が好き。控えめに中を貪る熱の形も、何もかもが好き。抑えていた感情が溢れ、新たな想いが鎖のように絡まっていく。ほどけないほど、きつく……。

「ん、いいっ……もう、だめっ……おねがい、イかせてっ……」

「ねえ、凛音くん、僕と一緒に……イってくれないかな」

「あ、あっあっ、桐谷、さんっ」

ベッドがふたりの男の重みでぎしぎしと軋む。揺さぶる熱は張りつめ、淫らな打擲音《ちょうちゃくおん》を響かせていた。

「名前で呼んで？　凛音くん……」

言われるままに、凛音は桐谷の名前を呼ぶ。

「はぁ、……はぁ、雅人さんっ……」

「ん、イこうよ、一緒に……っ」

無我夢中で与えられる熱をひたすら貪り、膨れ上がった切っ先から何度も、何度も吐精し、想像を超えた快楽にしばし揺蕩《たゆた》う。

後ろで、ぶるりと桐谷が震えたのが伝わってきて、中から引き抜いた屹立《きつりつ》が、背中にどっぷりと熱い精を吐き出したのがわかった。

「はぁ、……はぁ、……ぁっ」

弾んだ息がなかなかおさまらない。心臓が飛び出してきそうなほど、激しく鼓動を打っている。身体はだるくて熱っぽいまま、凛音は放心していた。

互いの乱れた吐息が落ち着くのを待って、桐谷は凛音から離れた。どろりとしたものが背筋から臀部《でんぶ》を伝って流れていく。

「ごめん……たくさん汚しちゃったね」

凛音は首を横に振る。むしろ、桐谷にそうされるのが嬉しくて、もっと実感していたいくらいだった。

「待って、今、拭いてあげるから」

ティッシュで丁寧にふき取ったあと、桐谷が凛音を腕に抱き寄せる。

「初めてだ……こんな気持ちになるのは。君を抱いて……ますます自覚するよ」

「雅人さん……」

凛音は桐谷の腕に抱き寄せられ、彼の胸に頬を寄せた。

「いや、ごめん。僕は案外、さびしがりやなんだなと、自分の情けなさをかみしめてるだけだから」

「そんなの、とっくに知ってますよ」

「シャワーを浴びてからも、朝まで僕のベッドで一緒に寝てくれない？」

「トワちゃんが、やきもちやきますよ」

照れ隠しで言ったら、桐谷はなにかを噛みしめるかのような顔をしてふっと笑った。

「それはどっちに？　僕はね、君に嫉妬しているのだと思っていたよ。でも、実際は逆で、君のことを独り占めするトワに嫉妬してたんだろうな」

そう言い、桐谷が再び覆いかぶさってくる。腹につきそうなほど硬く張りつめたものが太もものあたりに触れて、どきりとする。

「ちょっ……あんなに、出したのに……もう……!?」

さすがに凛音は驚いた。回復したという次元じゃなく、いきり立ったその形はすぐにも押し入りたいといわんばかりに擦りつけられていたのだ。

「そういう君だって……どうなの、ここ」

いきなり中を指でほぐされ、戦慄いたすきに熱の塊を深く挿入された。

「う、ぁあっ……雅人さんっ……はぁ、……ぁっ……」

もちろん、凛音だって若い。刺激されれば、ゆっくりと回復していく。でも、桐谷の方がそれはずっと早かった。形がはっきりと脈を打っているのを確認できるぐらいまで隆起している。今まで女性に感じることができず、勃起できなかったなんて信じられないぐらいだ。

「君がこうさせたんだ。今だけは君を独り占めさせて……」

腰をゆっくりと揺らされ、覚えたてのセックスを互いに貪るように、甘い振動を与えられる。

「あっ……」

頸動脈《けいどうみやく》を喰《く》らうみたいに吸われ、ただそれだけで浅ましく勃ち上がる自分に戸惑う。先端から透明な滴が、だらだらと吹きこぼれていた。

「は、ぁ……っ、俺、どうしよう、止まんない……」

「凛音くん、かわいい。僕ももう止まらないよ……こんなの、ほんとうに初めてだ……」

愛撫されるたび身体が跳ねる。熱を深くまで穿たれ、外側から内側からめちゃくちゃに貪られ、声が嗄《か》れるほど喘《あえ》いだ。

翌朝、凛音が目覚めると、既に桐谷の方が起きていて、至近距離で見つめられていることにことに気付き、飛び上がりそうになった。

が、しかし、身体が縫いつけられたように重くて動けない。

「おはよう」

耳たぶに触れる甘い声と吐息がくすぐったくて思わず目を閉じた。すると瞼にキスされて、身体が硬直する。組み重なった人肌のぬくもりに包まれながら、だんだんと現実に引き戻されていくのを感じる。

（そうだ、俺、昨晩……雅人さんと……）

実感するにつれ、身体に痛みがじんわりと戻ってくる。

「夢、見てるんじゃないですよね」

「まさか。そこは君が一番、実感するところじゃないの？」

からかうような目で見られ、凛音は顔に火がつく想いだった。

「うっ……」

指摘されたとおり、たっぷり愛された名残《なごり》で、腰が痛くて動けない。まだあちこちが火照っていて、中に桐谷がまだいるような違和感があった。

「すごく可愛かったよ、昨晩の君に……僕はすっかり翻弄されていた」

「そ、それは……俺の方です」

甘ったるい空気に慣れなくて、凛音は桐谷の胸を押して、彼から離れようとした。

だが、背に腕を回されてしまい逃れられない。

「凛音くん、やっぱり抱き心地がいいね。ずっとこうしていたくなる」

「やっぱりってなんですか」

そんなことを言われたら、まるで桐谷が普段からそういうことを想像していたと解釈したくなるじゃないか。それはかなり恥ずかしい。

「毎日、君の怒鳴り声と熱い抱擁《ほうよう》で起こされてるでしょ」

くすくすと、からかうように桐谷が笑う。

「抱擁って、布団を剥《は》ぎとってるだけですよ。ていうか、俺が起こさなくても、ちゃんと起きられるんじゃないですか」

「今日は特例だよ」

桐谷はそう言いながら、恥ずかしがる凛音を抱きしめてくる。

なんだかごまかされたような気がしないでもない。ついでに、これだと抱き枕代わりにされて、桐谷が目を瞑ってしまいかねない。

「ちょ、のんびりしてていいんですか。仕事に遅れますよ」

甘い腕の中でもがきながら時計を確認すると、普段ならもうとっくに起きる時刻を示していた。

「大丈夫。今日は半日オフにしてあるんだ。土日に仕事が入った分、中日《なかび》の水曜日ぐらいはトワともゆっくり過ごしたかったからね。それと、君と……」

額にキスされて、凛音は恥ずかしさをこらえきれなくなり、ふいっと視線を逸らす。

「だ、だったら、そう言ってくれたらいいのに」

どっと脱力する。こういうふうに人を振り回すのが得意なのだ、桐谷は。

「君の予定は？」

「俺も今日は夕方からです」

「……じゃあ、もう少しゆっくりしていられるね」

ふっと意味深な笑みを浮かべる桐谷に、凛音は嬉しいながらも、半分ぐらいはむっとした。

「雅人さんのせいですよ。あんな……あんなに、激しくするから」

普段は紳士的で、家ではダラ男なのに、昨晩はそのどちらでもない、フェロモンをむきだしにした獣だった。

とすると、初対面で桐谷に感じた印象は、本能的に察知したものだったのかもしれない。

「ごめん。拗ねないで。お詫びに、朝食は僕が作るよ。そろそろトワも起きる頃だしさ」

朝食、と聞いて、すかさず凛音は反応する。

「今、さらっと言いましたけど、料理、できましたっけ？」

ここへ来てから桐谷が料理をしている姿を見たことはない。

「前まではシッター任せだったけど、凛音くんが来るようになってからは見よう見真似で、君がいない時間にちょっと作ってみてるんだよ。見習わないとなぁと思ってさ」

鼻歌を歌う桐谷は、楽しそうに見えるが、なんとなく不安が込み上げてくる。

「待ってください。前向き思考はいいと思いますが、なんか心配だし、やっぱり俺が……ったた」

起き上がろうとしたら激痛が走り、情けなくもその場で呻く。

「ほら、君は休んでいて」

桐谷はウインクをして、部屋を出て行った。

（ほんとに大丈夫かな……）

――と案じていたとおり、五分も経たないうちに、鍋なのか食器なのかが落ちる音がした。

さらに「わ〜！」とか「あ〜！」とか、仕事モードの彼ではありえないような声が聞こえてきて、どうにも落ち着かない。

（あれは……ぜったいに、大丈夫じゃないだろ……）

ははは、と乾いた笑いがこぼれる。食器を割ったりすれば、トワが怪我をしかねない。やっぱり行った方がよさそうだ。衝動的に起き上がろうとしたそのとき。

うるさかったからか、トワが目をしょぼしょぼさせながら寝返りを打った。ベッドから降りようとしている。

「トワ、おはよう。いっしょにおしっこ行ったら着替えよう」

声をかけると、トワは目をこすりながら、こくんと頷いた。寝癖でふわふわした髪がまた子どもらしい無防備さがあってかわいい。無意識に微笑んでしまう。

「ん……トワいく」

トワがふらふらと凛音のすぐ側にやってくる。だが、腰に力が入らなくて、すぐには起き上がれなかった。ゆっくりと腰をまげるので精いっぱいだ。

「りおん、はやく、なの」

凛音の手を引っ張り、トワが催促する。

「わ、ごめん。トワ、待って……」

なんとか痛みをこらえつつ起き上がる。だが、昨晩のことを思い出すと、無垢《むく》な少女の手に触れていいものなのか躊躇《ためら》った。

けれど、そうも言っていられない。我慢しきれなくなったのかトワがぐいぐい引っ張っていく。最後はほとんど気合で起き上がった。

「凛音くん」

と声がかかって振り返る。桐谷が湿布を渡してくれた。

「気が利かなくてごめん。あとで貼るといいよ」

「ありがとうございます。でも、火を止めましたか？　すぐに戻ってください」

心配してくれるのは嬉しいが、今はキッチンの状況が不安だ。

「ごめん。悪いけど、トワのことよろしく」

桐谷は慌ただしくキッチンに戻っていく。そして凛音はトワに手を引かれるままトイレの見張り番になり、クローゼットから服を準備してトワを着替えさせた。

最後の仕上げはトワのお気に入りのリボンだ。

「リボンはどれにする？」

いくつか並べて、トワに選ばせることにした。

「うーんと、うーんと」

頬に手をあてがい、本気で悩んでいる小さな乙女は愛らしい。洋服も気に入らないと着てくれないことがあるのだが、とくにリボンは絶対に自分で選ぶと決めているそうだ。小さな子の女心はなかなかに難しい。

「これにしゅるー！」

舌足らずな声が元気よく部屋に響きわたる。トワが選んだのは真っ赤なバラ色のリボンだった。淡いピンク色のフリルのワンピースにレギンスをあわせた格好だから、鮮やかな色のリボンがとても目立つだろう。

「じゃあ、これだね」

「うんうん！」

気まぐれで選んでいるのか、インスピレーションなのか、お気に入りをつける日とつけない日とで、何か違いはあるのだろうか。まだお人形さんみたいな小さい彼女でもちゃんと意思があるのだ。ちっちゃな頭の中ではどんなことが描かれているのか覗いてみたい気持ちになる。

「りおん、むすんで、むすんで」

「はいはい。まずは二個に結ってからだよな」

「ふたっつよ。ひとっつ、ふたっつ、わかるー？」

凛音が人差し指を突き出し、さらに中指をつき出す。そしてかぶりを振り、ジェスチャーでアピールする。いつでも真剣なところが可愛らしくて、頬が緩んでしまう。

「はいはい。わかってるよ。じゃあ、膝の上に座って」

そう言い、トワを膝の上に乗せると、まずは子ども用のコームで丁寧にとかした。やわらかくて細い髪はするすると指の間を抜けがちだが、余さないように気を配りつつ黒いヘアゴムで片方ずつ結っていく。

年の離れた姉たちを敬遠していたから、あいにく女心はわからない人間だが、手先はそれなりに器用だからよかった。

「よし、できたよ、トワ」

じゃん、と手鏡を前に出して見せてやると、左右に頭を振って、ご満悦《まんえつ》の様子。にっこりと微笑んで、ぎゅうっと抱きついてきた。トワなりのありがとうの合図だ。

「ばっちりかな?」

「うん!　ありがとう、りおん!」

「よかったー。じゃあ次はごはんを食べよう」

「うんうん、たべよう!」

ご機嫌なトワを微笑ましく思っていたのも束の間。

不意に、すんっと鼻をすすると、芳《こう》ばしい香りがした。それは、だんだんとそれは焦げくさくなってきて、やがて視界が霞んでくる。

「気のせい……じゃないね」

さすがに不安になってリビングに顔を出すと、桐谷は困惑した表情を浮かべていた。

「いったいどうしたんですか。この煙」

凛音が追及すると、即座に桐谷は肩を竦めた。

「ごめん。なんか焦《こ》げちゃって、やり直しになっちゃった」

「なっちゃったって……」

おそるおそる近づく。コンロにはフライパンの大小二つがあり、小さめの方が火を止めてあるにも関わらずぐつぐつと煮えていた。

よーく近づいてみると、それぞれの中になにか黒い物体があり、苦々《にがにが》しい匂いがしてうっと吐き気をもよおしてくる。それを菜箸《さいばし》で取り出すのが、なんだか怖い気がした。

「こ、これは？」

おそるおそる、凛音は桐谷を問い質した。

「それは……せっかくだから、もう一回食べたいと思って、温めていたんだよ」

子どもの言い訳みたいに、桐谷が訥々と説明する。

どうやら状況を自分なりに解釈するに、昨晩余ったポトフを温め直しつつ、（ちゃんと切れていない）小松菜のソテーをしながら、さらに片手間でオムレツを作ろうとしていたらしい。

強火がフライパンからはみ出ているのが見え、凛音は慌ててコンロの火を止めた。

「もしかして火の調整もしないで料理してたんですか？　危ないですよ。それに、慣れてない人が、同時にあれこれしようとしないでくださいよ」

「ごめん。浮かれすぎたみたいだ」

「浮かれ……」

それを言われると恥ずかしい。

桐谷はしょんぼりと肩を落とし、焦がしてしまった食材を処分する。

「せっかく、凛音くんが作ってくれたのに」

「いやいや、そういう場合じゃないですよ。やけどしなくてよかった」

「へんなのーにがーい！　いやー！」

トワが眉をしかめ、小さな鼻を指で摘んで、いやいやと首を振る。大きな瞳が涙目になっている。それほど煙と匂いがすごい。

「トワ、あぶないから、こっちにきたらダメだよ」

桐谷が声をかける。言われなくても、トワの方から遠ざかっていく。

「くさい、くしゃい！　いやなの！」

ソファでぴょんぴょん飛び跳ねながら、トワが盛大にアピールする。桐谷も苦々しいものを嗅いだ顔をしていた。

凛音は咽《むせ》ながら、手で扇ぐ。目は霞むし、喉に苦みが張り付くというか、いがいがしてくる感じだ。

「換気扇だけじゃなく、窓も開けた方がいいですよ」

凛音はすぐに実行した。

こんなに広いリビングに煙を充満するほどとは……。

「パパ、ダメよ！」

むうっとトワが膨れてみせる。腰に両手をあてて、お説教体勢だ。三歳だってわかる異常事態である。

「ごめんよ、トワ」

桐谷は両手をあわせて、トワに謝った。それから、ちらりと凛音を見る。

「やっぱり、僕には君がいないとダメみたいだ」

しゅんとした桐谷の視線に、妙な母性のようなものをくすぐられ、うっと言葉に詰まる。

「……っ」

「……凛音くん？」

桐谷は首を傾げ、こちらを覗き込むように見つめてくる。

「な、なんでもないですよ」

いつものヘタレ男の情けない発言のはずなのに、甘い誘惑に感じるのは、凛音が恋愛呆《ぼ》けしているからだろうか。昨晩のことをまた思いだして、頬が火照《ほて》っていくのを感じる。

なんとか打ち消して、凛音は腕まくりをした。

「も、もう、俺が作り直しますから、トワちゃんと一緒に着席しててください」

照れ隠しにそう言い、凛音はてきぱきと余計なものを片付けていく。

「でも、身体は大丈夫なの？」

きょとんとした瞳に見つめられ、トワの手前、なんだか焦る。

朝の天然っぷりは、夜の野生っぷりと正反対だからたちが悪い。

（ったく……本当に同一人物かよ）

「だ、大丈夫ですよ。もう全然。というか、言わないでください。動揺して、俺まで焦がしたらしゃれにならないですから」

首から上に熱がこもるのを感じつつ、凛音は動揺していることを桐谷に気取られないうちに、彼をキッチンから追い出す。

「はいはい、行った行った」

「ん、すまないね」

申し訳なさそうにしながら、桐谷は退散し、ソファで跳ねているトワに声をかけた。

「トワ、プリティ・バニー見るかい？」

「みる——！」

桐谷をどこか敬遠することのあるトワも、プリティ・バニーの名前が出てきたときは、それどころじゃなくなるらしい。テレビのスイッチを入れてチャンネルをあわせたあとはあっという間にプリティ・バニーのアニメに夢中になった。

一緒になって歌ったり、セリフを口ずさんだり、そんな無邪気なトワを愛《いと》おしそうに見つめる桐谷に、凛音の胸がまたきゅっと音を立てる。

こんなふうに桐谷とトワと三人でずっと一緒にいられたら。そんな想いがどんどん強まっていくのを感じる。

（トワは……俺を軽蔑するかな。パパをとられたとか、感じたりしないかな）

無論、三歳児が大人の事情など知る由もない。だが、事情がわからない子どもなりに、無垢だからこそ繊細な本能で察知《さっち》するところもある。実際トワは桐谷に何か思うことがあるようだし、これ以上心を塞いでしまわないか、それが心配だ。

（っていうか……別に、恋人になってほしい、とか言われたわけじゃないし……）

今さらだけど、男同士の恋愛というのは、どうやって継続していくものなのだろう。付き合った経験がないからわからない。友情の続きにセックスがあれば恋人なのか？　桐谷はどう考えているのだろう。

「凛音くん？」

桐谷に声をかけられ、凛音はハッとして、オムレツをひっくり返した。

「あ、半熟にしようと思ったのに……うわ、失敗」

焼け焦げた色を見て、偉そうにしていた自分が恥ずかしくなる。

「珍しいね。ぼうっとしてた？」

「……ちょっと考え事です。よかったのかなって……トワちゃんに……その、後ろめたいっていうか」

もごもごと凛音が打ち明けると、桐谷は意表を突かれた顔をした。途端に、凛音はかあっと頬を赤くする。

もしかして自意識過剰だっただろうか。やっぱり夢だったとか気の迷いだったとか。

「あの、情に流されて一晩の過ちとか、そういうのだったら、俺……」

あたふたと言い訳をしようとする凛音の唇に、桐谷の長細い指があてがわれる。表面を拭われただけで、ぞくりと腰の奥に疼きが走るような、甘美な感触だった。

「……っ！」

言葉を失っている凜音に、桐谷は声を潜めて尋ねてきた。

「そんなことしないよ。もしかして、昨晩のだけじゃ愛情が足りなかったっておねだり？」

「ちがっ」

「じゃあ、言わない。そういうこと」

「……すみません」

フライ返しでオムレツを皿に寄せつつ、素直に謝るものの、ちょっと納得いかない。

「なんか、ずるい。こういうときだけ、社長モードとか」

「社長モードって何」と桐谷は笑う。

「大人の男みたいな雰囲気ですよ」

「だって、それはそうだよ。九つも離れていれば」

「え、じゃあ、二十九歳!?　いや、若いとは思いましたが、せめて、三十半ばかと思っていました」

「それはどうとればいいのかなぁ」と、桐谷は苦笑しつつ、凜音の隣に並ぶ。

「うちの豪邸から察してよ。年齢は関係ないんだ」

「そうですけど……妙に落ち着いているから。あ、でも、ヘタレな部分は若さの名残？」

凛音がそう言うと、桐谷は苦笑した。それから、半分にカットしたミニトマトを載せる手伝いをしながら、声を潜める。

「君の言葉を借りるなら、僕もまだ若いし、想定外のことにかなり動揺してるんだよ、これでも。トワには、ナイショにしておかないといけないことだよね」

「はい……」

「でも、必要以上に委縮《いしゅく》する必要はないし、トワは凛音くんに心を開いているんだ。これまでどおりに接してほしい。むしろ、僕が凛音くんと仲良くしている方が、トワは嬉しいみたいだよ」

「そうかな？」

「うん。そう感じる。この頃、ベビーシッターとの時間が早く終わらないかって気にしてるらしいからね」

桐谷は言って、トワの方を気にした。

トワはというと夢中でテレビを見ていたが、音楽が流れるとリズムに合わせてダンスをはじめた。

「へんしん、ぷりてぃばにー」

腰を揺らしたり、お尻をふったり、ノリノリのトワの仕草が可愛くて、桐谷と顔を見合わせてふっと噴き出し、微笑み合う。そして、トワがくるり一回転した瞬間、ばっちり彼女と目が合った。

「りおんもするの」

トワがすぐ側にやってきて、凛音の手をぐいぐいと引っ張る。

「ちょっと待って、トワ」

連れてこられたテレビの前で、トワが先陣《せんじん》を切ってプリティ・バニーのポーズをしてみせる。

「こうしゅるの！」

興奮した様子で、トワがくるりんっと身体をまた一回転させる。

「ぷりてぃばにーー！　きゅーと、へんしん！」

指を突きあげて、決め台詞を言い、凛音にも同じことをやれといわんばかりに、見上げてきた。

「プリティ・バニー、キュートにへんしん！　こう？」

凛音はトワと一緒にプリティ・バニーの決めポーズをする。

「うん！　うん！　じょうじゅー」

きゃっきゃっとトワが喜ぶ。

「ほら、雅人さんもするんですよ」

傍観者になっていた桐谷に声をかけ、今度は凜音が桐谷の手を引っ張った。

「ええ、僕もかい？」

戸惑いながら、桐谷も見よう見真似といったふうにトワに合わせる。三人テレビの前で揃ってアニメの美少女戦士の真似をしている。なんて平和でのどかな朝なのだろう。

誰も、美形の社長がこんなことをしているなどと想像する人はいないだろう。今は誰も見ていないし、咎める人はない。子どもと一緒に過ごす時間に、滑稽《こっけい》なことなど何もないのだ。

「恥じらいを捨てるんですよ、こうして」

と言ってフリフリダンスをしている凜音本人が、一番恥を捨てているかもしれない。トワはきゃっきゃっと、はしゃいでいる。

「女装に比べたらなんてことないです。一応、これでも役者ですからね」

「凜音くん……」

「だめですよ。一人抜けがけなんて」

「いや、そうじゃないんだ。大事なことを言おうと思って」

桐谷の真剣な声につられ、凜音は顔をあげた。

すると、ほんのり頬を赤くした桐谷と目が合った。

「僕の隣にいてほしい。これからは、恋人としても、面倒見てください」

桐谷らしい告白に、凛音は意表を突かれたのち、破顔《はがん》する。

「も、もう、しょうがないなぁ。特別ですからね？」

凛音が答えると、桐谷は嬉しそうに微笑んだ。

「りおんーパパー」

呼ばれて振り向くと、不満げにトワが唇を尖らせていた。

「ないしょ、じゅるいんだ」

「あーごめん、トワ」

「んーん、にこにこなら、いいの」

トワが桐谷と凛音を交互に上目で見つめながら様子を窺っている。

「そっか……」と凛音は呟く。言葉にしなくとも、桐谷も同じことを想ったみたいだ。

格好つけなくていい、自然体の親子をこうして見つめていたい。

こういう時間がずっと続いていけばいい。

誰にとっても幸せだと感じられる時間が――。

◇6

桐谷とトワと三人で暮らしはじめてから、五ヶ月あまりが過ぎ、季節は秋へと移ろいつつあった。劇団が使用しているホールの庭先に、秋桜《こすもす》の花が風に揺れている。

夏の間は稽古づくしで毎日くたくただったが、豪邸に帰れば、かわいい天使と大好きな人と一緒に過ごせる。そう思えば、精が出た。

アルバイト代や生活費目当てだったことが懐かしく、今では、二人の存在が、凛音自身の支えになっている。

ふと、稽古場の鏡に自分のたるんだ表情が映り込み、凛音は慌てて周りを見回した。

（やべ、幸せボケしてる場合じゃねー……）

気分を入れ替え、台本を開く。

「奥村くん、お客さんよ。至急、取り次いでほしいって」

劇団員の女の子に声をかけられ、とっさに思い浮かべたのは桐谷のことだったが、違った。

トワのシッターを頼んでいる森永《もりなが》という女性が、焦った顔で凛音のもとにやってきたのだ。

「どうしたんですか？」

なんだか、いつもと様子が違う。ただごとではない気配を察し、凛音は即座に問いかける。

「それが、さっきまですぐ側にいたんですが、ちょっと目を離した隙に、トワちゃんが……いなくなっちゃったんです」

さっと血の気《け》が引いた。

「そんな。いなくなったって……トワがひとりでいなくなるわけがないじゃないですか……。いったい、どこで見失ったんですか」

どうして目を離したりしたのか、責めたい気持ちもあったが、今はベビーシッターを非難している場合ではない。一刻も早くトワを見つけなければ。

「ここのすぐ側の公園で撮影していたんですが、ほんの数分、支度で待たせていたら、姿が見えなくなってしまって……スタッフの方に探してもらっています」

「社長にも伝えられましたか？」

「はい。電話に出られて、今、こっちに向かうという話でした。トワちゃんは奥村さんをとても慕っているという話でしたので、どこか思い当たる場所はないか聞いてくれないかと言われたんです」

トワの明るい笑顔を思い浮かべ、凛音はいてもたってもいられなくなって、その場を駆けだした。

「あ、奥村さん！」

トワ……！　トワ……！　心の中で叫ぶ。

「ちょ、奥村くん、どこに行くの！」

途中で、劇団員の仲間が驚いたように声をかけてくる。開演まであと三十分だったのだ。

「すいません。俺の、代役を立ててください」

「何言って……舞台はもうすぐなのよ。成果を出したら、次こそは大事な役をもらえるって、今までがんばってきたのに」

言われた通りだ。村人Aではなく、ちゃんと名前のある役をやりたいと思って、そのために何ヶ月も頑張ってきた。これまで、役者になりたいと思い、真剣に取り組んできた。

それ以上に望むことは何もなかったはずだった。

「けど……今は、それ以上に大事なことがあるんだ」

桐谷とトワと出会って変わった。二人は凛音にとって、かけがえのない存在で、彼らを気にしないでいることなんて無理だ。

「すみません、失礼します」

「奥村くん！」

呼び止める声を振り切って、凛音がホールから飛び出していくと、ロビーの入り口に桐谷の姿が見えた。車が随分と乱暴に横づけされている。かなり急いでこちらに向かったのだろう。

「凛音くん！」

「……桐谷さん、トワちゃんが！」

息を切らして駆けつけると、桐谷は険《けわ》しい表情のまま言った。

「僕もついさっき連絡をもらったところだ。もしかして……と思って、君のことが思い浮かんだんだが。この近くの公園だと聞いてる。君は舞台の方に戻りなさい」

「でも、トワちゃんのこと放っておけません！　俺も一緒に行きます」

「小さな子の足だ。そう遠くは離れていないはずだ」

桐谷は自分に言い聞かせるように言った。

「こうしている間にもトワが……とにかく急いで、手分けをして探しましょう」

桐谷は頷き、凛音と森永も一緒に外に出た。

（トワ……！）

おませで明るくて、ほんとうは寂しがりやで甘えんぼうで、トワの幾つもの表情が浮かんでは消えていく。

どうか無事でいてほしい。ちょっとはぐれて、迷子になっただけだ。すぐに見つかるはずだ。必死に言い聞かせるが、いやな動悸が激しさを増すばかりだし、足が地についた心地がしない。

血眼《ちまなこ》で探すこと十五分。

（いない……ここにも、いない……）

スタッフが大勢探しまわっている。もう十五分……二十分以上経過しても、連絡は一向に入らないし、見つからない。

「すみません、三歳ぐらいの女の子、みませんでしたか？」

凛音はスマートフォンのトワの画像を見せて、通行人に聞き込みを続ける。桐谷の言うように三歳児がそう遠くに行くわけがない。

道路に飛び出したり、川に落ちたりしていないだろうか。この頃、物騒《ぶっそう》な事件のニュースを多く聞く。誰かに連れ去られたりしていないだろうか。最悪の事態が頭に浮かび、どんどん血の気が引いていく。

「トワ！　トワっ！」

それ以上のことを想像したくなくて、凛音は必死に声を張り上げて名前を呼んだ。こちらが見落としているかもしれない。トワの方が声を聞きつけて姿を現すかもしれない。

ひと通りくまなく探して、桐谷と合流するために戻ろうとしたときだった。路地裏から公園に繋がる道路に黒い車が停まっていた。

（ん、あれは……？）

中年の男の姿が見えたのだが、なんだか様子がおかしい。嫌がる少女の手を引っ張り、車に押し込もうとしている。親子にはとても見えない。

そして、少女の顔が見えた瞬間、凛音は目を疑った。

「トワ……っ！」

その少女こそ、まさに死ぬほど見つけたかったトワだったからだ。

「……トワっ！　トワっ！」

トワのもとに急ぐ。だが、凛音より早く、目の前に桐谷の姿が横切った。反対側から見つけたのだろう。

「僕の娘から離れろ！」

桐谷が男に怒鳴りつけ、男の肩を掴む。

男は、桐谷の腕を振り払い、喚《わめ》き散らした。

「うるさいっ！　俺にさわるな！　近寄るな！」

驚いた犯人の手にはナイフが握られていた。その手が自分の敵を払うように乱暴に振るわれる。目はすわっていて、尋常じゃない。

「うわぁぁぁん」

トワが真っ青になり、大声をあげて泣いた。

「泣くなぁぁ！　くそガキがっ……！」

トワの腕を乱暴に握って揺さぶり、男が叫んだ。

「娘に何をするんだっ。離せっ」

ナイフを振り回す犯人は錯乱状態になっている。窮鼠猫《きゅうそねこ》を噛むとなってはどうにもならない。凛音はハッとして急いで、警察に電話をかけた。

「トワっ」

桐谷の声が響きわたる。彼は必死に犯人と対峙し、トワを自分の腕に取り戻した。

が、しかし。

「この――っ」

逆上した犯人が、トワを抱いた桐谷の背中にナイフを突きたてようとしている。凛音の顔からさっと血の気が引いた。

『どうされましたか』

スマホで警察の声がする。だが、話をしている場合じゃなかった。

「ダメだっ。雅人さんっトワっ！　危ないっ！」

凛音は、わき目もふらずに三人の間に飛び込んだ。

刹那、身体のどこかに灼けるような痛みと熱が走った。

「……う、ああっ！」

あまりの痛みで、窒息しそうになり、目の前が明滅する。

「凛音――！」

桐谷の叫び声が聞こえた。凛音はトワと桐谷が無事であることを確認したくて、痛みを必死にこらえながら顔をあげた。凛音の頭上では、犯人が血に濡れたナイフを持ち、がくがくと震える目で見下ろしていた。

凛音は今度こそ青ざめた。おかしくなった男にはもはや何も通用しない。立ち上がって今すぐに逃げなくては、今度こそ殺される――。

だが、足が竦んで動けない。容赦なくナイフは凛音めがけて振り下ろされようとしていた。

だめだ——覚悟を決めて、目をぎゅっと硬く瞑った。

最後に脳裏に焼き付くのがこんな男だなんていやだ。思い出したい。幸せだった時間を。桐谷とトワと一緒に過ごせてあんなに幸せだったのに、終わってしまうのか。泣き顔や困った顔じゃなく、桐谷とトワが父娘で笑っている姿をもっと見たかった。そしてそこに自分の存在がいつでもありたかった。

もう終わりなのか。

人は死ぬとき、ほんとうに走馬灯《そうまとう》を見るのだ、と漠然と思った。

しかしスローモーションはそこで途絶える。どんっと突きとばされるような音が聞こえ、凛音はハッとして瞼を開いた。

どうやら、桐谷がトワを抱き込んだまま、犯人の男に体当たりをしたらしい。男の手からナイフがこぼれ落ち、地面には誰のものかわからない、赤い鮮血が飛び散った。

「凛音くん、早くこっちだ！」

桐谷に肩を支えられ、凛音は犯人から遠ざかる。

いったい何が起こっているのか混乱していて自分でもよくわからなくなっていた。

「何があったんだ！」

通行人が駆けつける。男が呻《うめ》き声をあげながら立ち上がると、女性の悲鳴や周りのどよめきで、その場が騒然となる。

「捕まえてくれ！　あの男が人を刺したんだ！　凶器は今持ってない！」

怒号が響きわたる。

「警察に連絡しろ！」

「誰か、救急車を呼んでっ！」

場は騒然となった。武器を持たない男は、妙な叫び声をあげ、通行人を威嚇する。

「凛音くん、凛音くんっ、しっかり！」

桐谷が必死に声をかけてくる。目の前が朦朧としてうまく見えない。

凛音は腕を押さえながら、荒い呼吸をなんとか沈め込む。トワの泣き叫ぶ声がわんわんと響く。

「トワ、怖かった……な。よく我慢したな。大丈夫……だから、大丈夫……だから」

凛音はただそれだけを繰り返した。無事でよかった。トワも桐谷も。そのことしか頭になかった。

「凛音くん、すぐに……止血をっ」

桐谷がハンカチで押さえるが、血はあっという間に滲んでしまう。どくどくと脈が早鐘を打ち、肩から二の腕にかけて、べったりと血に濡れていた。

桐谷がシャツを引きちぎり、止血をするためにぎゅっとつよく巻きつけた。凛音はくらくらと眩暈を覚えた。顔面から血の気が引いていく。

「……凛音くんっ！」

この間まであんなに幸せだったのに。こんなことになるなんて。今頃、舞台の上で演じて、桐谷が見に来てくれて、夜になったらトワを入れて三人で美味《おい》しい夕飯を食べるはずだったのに。

（こんなこと考えるなんて、もしかして……俺、やっぱり、このまま死ぬのか……）

「あぁ、今日……そういえば緊張してあまり食べていないんだった。ただそれだけ。心配しないで……ください」

そう、ただそれだけだ。大丈夫……のはずなのだが、すうっと一気に血の気が引き、意識が朦朧とする。

「凛音くん！　凛音くんっ！」

桐谷の呼ぶ声だけが、最後に聞こえた。

――気づいたら、真っ白な天井が見えた。ぼやけた視界を払うように瞬きをすると、誰かが覗き込んでくる。最初は焦点が合わなかったが、だんだんとその表情が見えてくる。

「よかった、気がついた……凛音くん」

桐谷が崩れるようにして、安堵の息をつく。

「雅人さん、俺……っ」

顔だけを横に倒し、桐谷がすぐ側にいることを確かめる。腕には包帯を巻かれ、手の甲に針が刺さっている。身体を動かすと、肩から二の腕にかけて引き攣れるような痛みがあるが、どうにか命だけは助かったようだ。

「生きて……る」

凛音は改めて自分の無事を確かめ、ぽつりと呟いた。

「……っああ、生きてるよ。怪我したところ、何針か縫うことになったけど、幸《さいわ》い、命には別状ないし、完治《かんち》すれば、きっと痕も残らないだろうって……」

そう言いながらも、桐谷は辛そうだ。震えているし、すごく心配している顔をしている。手を握られ、その温かさにホッとした。

「そうだ、トワは？」

「大丈夫だ。泣き疲れて眠ったよ。ベビーシッターの森永さんが今回の件、ずいぶんと責任を感じていてね、今度こそ目を離さないようにしっかり見守っているからと言って、警備と一緒に側についていてくれているところだよ。彼女にも申し訳ないことをした」

「そっか……」

トワが無事でよかった。もしもあの時見つけられなかったら、車で連れ去られていたかもしれないのだ。そう考えるとぞっとする。恐怖で泣いていたトワのことを想うと、胸が抉《えぐ》られるように苦しくなった。

犯人がどうなったのか聞いたところ、突発的にトワを誘拐して、身代金をとろうとしたらしい。今は勾留されているそうだ。

「ほんとうに、生きた心地がしなかった。君はなんてことをするんだよ」

責めるような声を聞き、凛音は弾かれたような顔をあげたのだが、思いきり掻き抱かれ、息ができなくなるかと思った。

いつものいい香りに、ほんの少し汗の匂いがまじっている。こんなに取り乱した桐谷は初めてだ。

「雅人さん……」

「トワのこと、ありがとう。でも、頼むから、もう、あんな無茶をしないでくれ」

「……それは、雅人さんだって一緒ですよ。あのとき、雅人さんが刺されると思ったら、もう……なりふり構っていられなかったんだ」

凛音は今になって、泣きそうになる。桐谷とトワのことを必死に守ることだけを考えていた。自分で自分が信じられないぐらいだ
「雅人さんも、トワも無事でほんとうに……よかった」

「ああ、感謝してる。でも、だめだよ、これからは……あんな無茶をするなら、君を解雇するからね」

桐谷が涙声で言って、凛音の額に自分の額をくっつけた。大事にされていることが伝わってきて、胸の奥に熱いものがこみ上げる。

「それは……困ります。路頭に迷って、死んじゃいますよ」

「……それは僕も困る」

感極《かんきわ》まって目尻に浮かんだ涙を、桐谷の指にそっと拭われ、凛音は鼻をすすった。大の男が二人して泣いていたら格好がつかないだろう。

ふと、テーブルに黄色い花が置かれていることに気付いた凛音は、桐谷の肩越しに視線を移した。

「その花は……たんぽぽ？」

あの日、三人でピクニックに向かった森林公園で、トワが楽しそうにおままごとをしていたときのことが思い出される。

「ああ。トワがね、手にもっていたんだよ。いったい何を思っていたんだろうな。ひとりにさせて、怖い想いをさせてしまった。あの子には辛い想いをさせてばかりだ」

憤《いきどお》るように言って、桐谷は拳を握った。

「雅人さん、俺はもう大丈夫ですから、トワちゃんの方についていてください。このぐらいの怪我、なんてことはないです」

「バカ。これぐらいなんて言うもんじゃない。君に何かあったら、どうする気だったんだ」

——前にも言っただろう？　君がいないと生きていけないんだよ、僕は。

桐谷は普段のヘタレな彼らしく、凛音の耳の側でそう囁いた。

「……っ、雅人さん」

それは、凛音だって同じだった。桐谷のいない日常なんてもう考えられないのだから。

その後——。

コンコンとノックの音がして、二人は慌てて離れた。抱きあっていたなんて知れたら、大変なことになる。

「はい」

桐谷が返事をすると、トワを抱っこした森永と警備スタッフが入ってきた。

「すみません。起きたら泣いてしまって、パパのところに来たかったみたいなんです」

森永が申し訳なさそうな顔でそう言い、凛音に頭を下げた。

「奥村さん、このたびは、私の不注意で……、申し訳ありませんでした……！」

「大丈夫ですよ。俺の怪我は、森永さんのせいじゃありませんから」

彼女には大きな負い目があることだろう。無事に済んだのだから、これ以上、責めることはない。

「でも、どうして今日に限ってトワは……」

と凛音が口を開きかけたとき、トワが森永の腕から降りたがって足をぶらぶらする。

「あ、ごめんなさい。トワちゃん、パパたちのところに行きたいのね」

森永が下にトワを下ろすと、病室に飾ってあったたんぽぽに手を伸ばし、それからハイと桐谷に差し出した。

「え……？」

桐谷はぽかんとする。凛音は黙ってトワのすることを見ていた。

「……あ、もしかして……」と森永が口元に手をやった。凛音は首を傾げる。

「トワちゃん、もしかすると、パパの誕生日プレゼントのつもりなのかもしれません」

森永がそう言い出すと、桐谷はまさか、という顔をした。

「現場のスタッフさんたちが社長の誕生日におめでとうございますって声をかける中、私、トワちゃんのパパが誕生日なんだってねっていう話を聞かせてあげたんです」

「そんなことが……」

桐谷は言葉を失ってしまった。凛音はその場面を想像した。きっと、トワは自分も何かをあげたいと思ったのだろう。目を離した一瞬、トワはたんぽぽの花めがけて駆けていってしまったに違いない。そんな彼女の気持ちを想像したら、じわりと目頭《めがしら》が熱くなった。

「トワ……」

桐谷は思わずといったふうにトワを抱きしめ、声を震わせた。

トワもまんざらでもなさそうな笑顔を咲かせ、桐谷にぎゅっと抱きつく。それは、三人で一緒に暮らしてから初めて見る光景だった。その様子を見ていたら、凛音まで泣けてきてしまった。

「きっと、雅人さんがトワちゃんのことを大事にしている気持ちが伝わったんですよ」

「……うん」

桐谷が瞳を潤ませ、トワをやさしく、強く抱きしめる。

（よかった……ほんとうに、よかった）

それから――。

処置が終わったあと、警察から事情聴取をされ、三人は無事に解放された。

一行は桐谷の車で自宅へと帰り、しおれてしまったたんぽぽを花瓶に移して、三人で黄色の小さな花を見つめた。

「これは、誕生日の仕切り直ししないといけないですね。そういう大事なイベントごとはちゃんと言ってくれないと」

凛音がそう言うと、桐谷は照れた顔をする。

「この歳になると、言うほどでもないかなって思うんだけどね」

「トワ、今度また季節の花を一緒につみにいこうか」

「りおん、ぱぱ、いっちょね？」

「もちろんだよ」

凛音は返事をしつつ、桐谷とトワの仲睦まじい様子を見て、無意識に頬を緩めた。

（ふたりは、ちゃんと家族になれている。これからも、うまくいけばいいな）

そして、できるなら――この親子の側にずっと在りたい。

凛音はそんなことを考えながら、二人を見つめていた。

◇7

ある日曜日の夕方、食事を済ませた凛音は、桐谷とトワがお風呂に入っている間、テラスで秋桜の花が揺れる庭を眺めながら、台本のセリフを読んでいた。

トワの誘拐未遂《みすい》事件が落ち着き、あらためて桐谷の誕生祝いをし、楽しい日々を過ごしていたある日のこと。

凛音にある大きなチャンスが舞い込んだ。次の舞台公演で、名前のある役をもらえることになったのだ。これから来春の公演までの半年、新たな稽古をはじめることになる。

物語は、血の繋がりのない親子が家族として絆を深めていく物語で、凛音の役は、ふらりとどこからかやってきた親子に住まいを提供するやさしい青年の役だ。なんとなく、凛音の今の状況に少し似ているような気がして、親しみもわいた。

次こそチャンスに繋げなければ。そう自分に喝《かつ》を入れ、台本に没頭《ぼっとう》しかけたとき、インターフォンのチャイムが鳴った。

せっかく集中しようとしてたのに……と不満に思いつつ、テラスのチェアからだらりと起き上がり、リビングに移動する。

備えつけのインターフォンに応じると、モニターに女性の姿が映った。髪の長い、スレンダーな女性だった。

「どちらさまでしょうか」

仕事関係の人は訪ねてこないと聞いていたし、セールスレディだろうかと思い、断る構えでいたのだが。

『私、桐谷冴子《さえこ》よ』

と、ソプラノの声が届き、桐谷……という姓を聞いた凛音は、思いきり動揺する。

「えっと、お姉さん……ですか？」

桐谷にきょうだいがいたことは聞いてない。叔母にしては、若すぎる気がする。そう思い、身もとを控えめに尋ねたところ、

『いいえ。元妻の、冴子』

と、女性はきっぱりと否定した。

凛音は絶句して、モニターをまじまじと眺め、固まってしまった。

（この人が……雅人さんの元奥さん……トワの母親……？　なんで、ここに……）

『あなた、随分と若い声だけど、もしかして新人さん？　離婚してからも旧姓のままなのよ。あの人は仕事かしら？　取り次いでもらえない？』

女性は、少し怒ったように早口で急かす。

「えっと、すみません。少々……お待ちください」

気が動転した凛音は、しどろもどろに説明する。

あいにく桐谷はトワと一緒に風呂に入っていて、すぐには出てこられないし、主《あるじ》の了解を得ていないのに、勝手に家にいれるわけにもいかない。

「あの、申し訳ありませんが、すぐに出られない状況なんです。折り返し連絡させていただけませんか？」

『困ったわね。海外から戻ってきたばかりなの。そう改められないわ。中で待たせてもらえないかしら？』

どうしても引き下がるつもりはないらしい。

「わかりました。事情を話してきますので、もうしばらくお待ちください」

凛音はとりあえず桐谷に報告に行くことにした。まさか、元妻がやってくるなんて思いもしなかった。いったい何の用事で来たのだろうか。たちまち胸の中に不安が広がっていく。

バスルームに向かうと、着替えを終えた桐谷とトワがさっぱりした顔で出てきた。

「あ、雅人さん」

「先にゆっくり入ったよ。凛音くんもどうぞ……って、どうしたの？　青い顔してるよ」

異変を察知した桐谷が、心配そうに尋ねてくる。

「あの、実は、実は、冴子さんという女性の方が訪ねてきているんですが、どうしましょうか」

そう告げた途端、桐谷の顔色ががらりと変わった。

「……なんで彼女がここに」

桐谷が動揺し、思わずといったふうに足元にいるトワを見る。凛音もまた彼が不安に感じたことを察し、落ち着かない気持ちだったが、ひとまずは冴子から聞いた話をそのまま伝えることにする。

「海外から戻ってきたばかりで、時間がないから、すぐにも話がしたいそうなんです」

「……わかった。今こんな格好しているし、とりあえず、彼女を応接間に通してくれないか」

普段のおおらかな雰囲気でもなければ、社長のときの顔でもない、見たことのない顔をしている桐谷が、なんだか別人のように感じられる。

「わかりました。じゃあ、伝えてきますね」

凜音は踵を返し、ひとまずオートロックを解いた。玄関のドアを開けて出迎えると、ロングヘアの女性が立っていた。

すらっとした細身の彼女は、モデルのように美しい容姿をしている。桐谷とこの女性の間に生まれたトワがあれだけ可愛いのも納得だ。

圧倒されそうになるが、とりあえず、凜音は自己紹介をすることにした。

「お待たせしました。ハウスキーパーの奥村と申します」

「あらためて、桐谷冴子よ。ほんとうに随分と若い使用人を雇ったのね」

凜音を興味深そうにじろじろと眺めるようにして見たあと、女性は家の中へと視線を移した。

「いいかしら？」

「はい。こちらへどうぞ。応接間まで案内いたします」

「ええ。お邪魔するわね」

桐谷に言われたとおり、冴子を応接間に通す。しかし、案内するまでもないといったふうに、彼女は慣れたようにソファに腰をおろした。

「今、お茶をお持ちします」

凛音は冴子と二人でいることがいたたまれなくなり、その場から立ち去ろうとしたのだが、

「いいのよ、構わないで」

とっさに、冴子の声に引き止められてしまった。

「私はあの人と話がしたいだけなの。すぐに来るんでしょう？　待っている間、あなたが話し相手をしてちょうだい」

赤いルージュを塗った唇が、艶《つや》っぽく微笑む。彼女には女王のような有無を言わさない雰囲気があり、凛音はその場に跪《ひざまず》くしかなかった。

話し相手と言われても、何を喋ったらいいやら。世間話のようなものを頭の中に浮かべようとするが、動揺のあまり何も思い浮かばない。

そんな凛音を尻目に、冴子の方が先に問いかけてきた。

「あの人とあの子、うまくやっているのかしら？」

「ええ。仲良くやっていますよ」

凛音が素直に答えると、冴子は驚いたような顔をしたあと、悔しそうに唇をかんだ。

「ふうん、そう。表向きはそう見えるだけよね。実際はどうかしら。可愛がる気持ちなんてあるのかしらね」

蔑《さげす》むような言い方にかちんときて、凜音は即座に反論した。

「もちろん、可愛がっていますよ。桐谷さんはトワちゃんのことをとっても大切に思っているんです」

「なんであなたが断言できるの。ただの使用人のくせに生意気なこと」

(どっちが……)

と、反発したくなるのを、凜音はぐっと堪えた。

なんだか、この人とは気が合わない。いやみったらしいし、高圧的だし、ほんとうに桐谷が一度でも愛した人なのだろうかと疑いたくなるぐらいだ。

「虐待したり、無視したり、していないかしら。そういうところを監視しておくべきよ」

冴子が傲慢にもそう言い出す。

突然現れたと思ったら、随分と横柄《おうへい》な態度だ。凜音は思わずむっとする。

「……そんなことあるはずないじゃないですかっ。だいたい、桐谷さんがどんな想いでいたか――」

腹が立って文句を浴びせようとすると、

「待たせたね」

着替えた桐谷が部屋に入ってきて、凜音は出かかった言葉をぐっとのみ込む。

冴子が不敵な表情を浮かべていることにもまた腹が立った。

桐谷の足元にトワがいて、お風呂上りで頬を上気させたトワが、凜音のところに駆けてきて抱きつく。

だが、冴子の存在に気付いた途端、凜音の背に姿を隠してしまった。

「あら、人見知りするような子だったのかしら」

冴子はふふっと微笑を浮かべる。すると、トワはますます凜音の背中にしがみついて離れなくなってしまった。

「二年……いや、もう三年か。あまりに突然の訪問だね。用件を言ってくれないかい？」

事務的に、桐谷が問うと、冴子は長い髪を掻きあげつつ、まっすぐに桐谷を見つめ返した。

「そうね。単刀直入に言うわ。私たち、よりを戻さない？」

凜音は思わず、桐谷を見た。

「何を言っているんだ。娘を押しつけて出ていった君が」

桐谷は険しい表情で即座に拒絶した。凜音の胸の中に不安という名の灰色の雲が広がっていく。トワは大人の緊迫した空気を感じ取っているのか、小さな手で凜音のシャツをぎゅっと握って離れない。

「ごめん。凛音くん、トワを連れて、向こうで待っていてくれるかな」

桐谷が硬い声で、申し訳なさそうに言う。凛音は彼の望むとおりにトワを連れて退席しようと思ったのだが、桐谷からの回答が待ちきれないといったふうに、冴子は矢継早《やつぎばや》に桐谷に問いかけた。

「私を憎んでいるの？　自分の不甲斐《ふがい》なさをさしおいて？」

挑発的な冴子の態度に対し、桐谷はうんざりとしたようにため息をつき、あくまでも冷静沈着に答える。

「君は要するに僕を試したんだろう。それぐらいは察しているよ。憎む気持ちなんかないさ。でも、この先も君と復縁するつもりはない」

そう答える間も、桐谷は表情を少しも崩すことはない。凛音はというと、トワの手を握ったまま、完全に出ていくタイミングを失ってしまった。ただ、やりとりが見えないように、聞こえないように、抱きしめててあげるほかない。

「じゃあ、トワだけを戻してくれない？」

冴子の横暴な一言に、凛音はついに黙っていられなくなってしまった。

「それはあんまりです。トワちゃんを、まるでものみたいに、簡単に言わないでください」

邪魔になったら置いていく。必要になったら迎えにくる。そんな都合のいい話があっていいはずがない。トワの気持ちを少しも考えていない冴子の自分勝手な言動が許せない。幼い子どもにだってちゃんと心や人格がある。身勝手な理由で傷つけてほしくない。

トワのことを思ったら、燃えるような苛立ちがわきおこり、拳が震えた。

「簡単に言ったつもりはないわよ。当事者でない使用人は、黙っていてくれないかしら?」

「……っ」

「冴子、彼は使用人じゃない。親身になってトワのことを面倒見てくれているんだよ。僕にとっても大事な友人だ。失礼なことを言わないでほしい」

桐谷がぴしゃりと厳しい声で言い放つと、冴子は一瞬怯《ひる》んだものの、黙っていられなかったらしく、即座に反論してくる。

「友人、ですって? ふうん。こんな若い子が? そういう趣味でもあったのかしらね」

冴子の見下すような視線を感じとり、凛音はかっと頬に熱がこもるのを感じた。思い当たる節《ふし》があるだけに、何も言えない。だが、挑発に乗ってトワの手前、余計なことを口走ってはいけない。ただ、握った拳が震えていた。

「まーまー」

トワが凛音にぎゅうとしがみつく。冴子の剣幕をはじめ大人の諍《いさか》いが怖くなったのだろう。一刻も早くこの場から連れ出さなくてはいけないのに、足が竦んで動かない。

「ママですって。あらあら、おかしいわね。どこにママがいるのかしら？」

冴子がくすくすと小馬鹿にしたように笑い出す。不愉快で耳ざわりな声だ。

二年もの間、桐谷に娘の養育を押し付けて、今さら母親面《づら》なんて――。

身勝手な母親に腹が立つし、これまでのトワのことを思い返すと、かわいそうでならない。

凛音はトワを守るべく、小さな女の子の身体を抱きしめる。早くこの場から連れ去ってあげたいけれど、その前にどうしても言いたい。これだけは言っておきたい。そういう衝動のままに訴えた。

「大事なんだったら、どうして手を離したんですか。もう二度と戻ってこない覚悟がないんだったら、身勝手に手放さないでください。俺はっ……トワちゃんの母親のつもりでここにいるんです」

頭に血が昇っていると思う。でも、どうしても言わずにはいられなかった。もちろん放った言葉に偽《いつわ》りはない。大切な人を傷つけるのなら、いくら相手がトワの産みの母親だからって構っていられない。

「凛音くん……」

桐谷が驚いたような顔をしたあと、いたたまれなさそうに眉を下げた。

「冗談はよしてよ。笑わせないでちょうだい」

冴子は小馬鹿にするように笑ったあと、苛立ったような顔をした。

「冗談じゃないです。本気ですよ。少なくともあなたのいない間、俺はトワちゃんをこの目で見てきました」

「そう。娘が、桐谷の子じゃなくてもそう言えるかしら？」

冷ややかな視線が向けられ、凜音は意表を突かれる。

「え……？」

……桐谷の子じゃない。その言葉を反芻《はんすう》し、言葉を失った。

そこへ、桐谷が仲裁に入る。

「冴子、もういい。これ以上、無関係な彼に突っかかるのは、やめてくれないか」

「ずいぶん都合がいいのね。大切な友人だってあなたが言ったんじゃなくて？　それに母親のつもりだなんて言うんだもの、おかしいじゃない」

「母親のつもりにまでなって、親身に支えてくれている友人の彼を、侮蔑《ぶべつ》することは許さないよ」

桐谷の牽制により、冴子の矛先が凜音から桐谷の方に切り替わったらしい。彼女は捲し立てるように言う。

「子どもって面倒でしょう？　足枷《あしかせ》になるだけで、いいことなんてないわ。雅人、この二年の間、あなただってそう思ったでしょう？」

「そうか。君の本音が聞けてよかったよ。残念ながら、僕は一度もそう思ったことはないよ。トワは僕の大事な娘だ」

声を荒らげたいのを必死に抑えるようにして、桐谷は言った。

すると冴子はしばらく沈黙し、「その言葉が聞けてよかったわ」と、満足げに微笑んだ。

「どういう意味だい？」

豹変《ひょうへん》した彼女の態度を、桐谷は訝しそうに見る。凛音も桐谷と同じ気持ちだった。

「雅人、私はね、あなたに子どもを育てる覚悟ができたのか、確かめにきたのよ。三歳ぐらいなら、それ以前の記憶なんてないに等しいわ。やり直すなら今しかないじゃない。私だって今まで色々あったのよ。女一人で自由に生きるなんてできるわけがないわ」

冴子はそう言い、小さくため息をついた。傷ついたようにも見えたが、それでも凛音には納得できない。子どもを押し付けて出ていったことには変わりないのだから。

その場に重たい沈黙が流れる。

「冴子、さっき君が言っていたことだけははっきりしておきたい。僕は今さら血の繋がりなど気にしないけれど、娘には将来正しい情報を説明する義務があるだろう。だから教えてほしい。君と僕の子だというのは間違いないんだね」

「さっきはカマをかけたのよ。あなたと私との間の子で間違いないわ。DNA《デイーエヌエー》検査をしてくれても構わないわよ。よりを戻すか、あなたがこのまま面倒を見るか、私が引き取るか……これからのこと、何が一番いいことなのか、よく考えてちょうだい」

冴子はそう言い、ソファから立ち上がると、凛音の側にいるトワに視線をやり、それから部屋を出て行った。


冴子が帰ったあと、凛音はトワをあやして寝かしつけながら、さっきのことを激しく後悔し、落ち込んだ。

トワにとって一番いい形は、両親どちらも揃っていることだ。第三者の自分が、激情してどうするんだろう。冴子との敵対するようなやりとりは、桐谷が望んだことではなかったかもしれないのに。トワがいつも母親を恋しがっていたことは、わかっていたはずなのに。

すうすうとかわいい寝息を立てているトワを見つめて、ため息がこぼれる。

「トワは寝たかい？」

「はい。雅人さん、ごめんなさい。さっきは余計なことを言ってしまって……理由はどうあれ、トワを産んだお母さんなのに」

凛音が謝ると、桐谷はやさしくぽんっと頭を撫でてくれた。

「いや、さっきの、嬉しかった。君があんなふうに想っていてくれていること」

そう言い、彼は凛音の隣に座り、鷹揚に微笑む。

「あれは、つい」

と言いかけて、凛音は口ごもる。

「つい、なの？」

「だから、衝動的に」

「一時的なこと？」

凛音は首を振る。それから何を言ったらいいか分からず、言葉に詰まっていると、桐谷がため息をついた。

「ごめん。ずるい質問だった。二十歳の青年に求めちゃいけないことだよね。わかっているよ。かばってくれたんだってこと」

そう言い、凛音の頭をぽんっと軽く撫でる。

「……っ」

「これからのこと……真剣に考えないといけない時が来たんだな」

桐谷がやりきれない表情を浮かべる。その顔には覚悟というより、迷いのようなものが見てとれた。

トワのことを考えれば、三人でいた方がいいに違いない。あれほど母親の存在を恋しがっていたのだ。この世にトワの母親はたった一人なのだから。

ママモデルをあれほど嫌っていたのは、自分の母親ではない人を、幼いなりに本能で見極めていたのかもしれない。そして、探していたのかもしれない。そんなトワのことを想うと、胸が張り裂けそうになる。

でも、三人が一緒になることになったら、自分はこの豪邸から去らなければならない。接点のない他人になってしまうだろう。

桐谷の背中を押したい気持ちがあるのに、自分本位な考えがちらちらと脳裏にちらつく。母親になったつもりで、というのは本心だ。でも、もしかしたらそれは自己満足なだけかもしれない。

桐谷とトワの足枷になってしまうような想いなら、封印するべきだ。まだ彼らには選択できる未来が残されているのだから。

「俺のことなら、気にしないでください」

「凛音くん……」

「ちゃんと真剣に考えなくちゃ。雅人さんにとって、トワちゃんにとって、何が一番なのか。俺は誰より味方になって、応援しますからね」

凛音は切々と胸に込み上げてくる慕情を抑え込みつつ、桐谷にそう告げた。

桐谷は悲しげに微笑んで「ありがとう」と申し訳なさそうに言うだけだった。

──ああ、終わったんだな。俺の初恋は。

凛音は、目に浮かんでくる涙を、慌てて手で拭った。桐谷との出会い、三人で過ごした日々は、ひと夏を彩る打ち上げ花火みたいだった。そんなふうに胸に仕舞い込んだ。


翌日、舞台稽古の合間に筋力トレーニングをしたあと、凛音は他の劇団員がぽつぽつと帰りはじめたにもかかわらず、ひとり台本を捲りながらぼーっとしていた。

「はぁ……」

さっきから凛音の口から零《こぼ》れるのは、ため息ばかり。

目を通さなければいけないのだが、セリフも情景も何もかもが頭に入ってこない。せっかくもらえた役に、気持ちが込められない。今度こそポカしたら終わってしまうかもしれないのに。

（こんな状態じゃダメなのに……）

苛立ちと焦りとどうしようもない気持ちがこみ上げ、とうとう集中しきれなくなった凛音は台本を乱暴に閉じて、項垂《うなだ》れた。

「なんだー奥村、暗いぞ。どうした？」

その声に我に返って顔を上げると、先輩の村上の顔が見えた。

「いや～、今後のあり方を色々と考えていたんですよ」

オブラートに包みつつ、凛音は苦々しい表情で答えた。

するとと村上は凛音の隣に腰をおろし、心配そうに顔を覗きこんでくる。

「まさか、役者やめるとか言わないよな」

「もちろん、そんなこと言いませんよ」

覇気《はき》のない声で答えると、村上が背中を叩いてくる。どうやらごまかす必要はなく、凛音が役者としての自分に悩んでいるのだと誤解しているようだ。

「大丈夫だって。おまえだったら、伸びしろがあるって。この間の稽古の演技も監督に褒められてたぞ」

「本当ですか？」

それは初耳だ。

「あぁ。ほら、監督は本人の前じゃめったに褒めない人だから」

村上が背後に監督がいるのを気にして、声を潜める。

「たしかに。そうですよね。叱るときは劇団員のみんなが見ている前で、鬼のような形相《ぎょうそう》で激をとばしてきますけど」

実は、トワを探すために凛音が舞台を抜けたあの日、代役は別の劇団員が担《にな》ってくれたが、病院で抜糸してもらった日に顔を出すと、めちゃくちゃ叱られたのだ。

村上は、ははっと豪胆な笑い声を立てる。

「だからだよ。名誉挽回して、今度こそチャンス掴めよ」

「はい」

凛音はきまり悪くなり、肩を竦める。

「それはそうと、おまえに渡したいものがあるんだ」

「渡したいもの？　なんですか？　改まって」

ほら、と渡されたのはエンボス加工のされた立派な封筒で、達筆な文字で奥村凛音様と書かれてあった。村上は鼻の下を軽く指でこすり、照れくさそうに言った。

「正式に結婚することになりまして」

「おぉ！　おめでとうございます」

「サンキュ。で、それは招待状。可愛い後輩に出席をお願いしたく……」

村上が急にかしこまったように頭を下げるので、凛音もつられて頭を下げる。

「もちろん、出席させていただきたく……」

そう言って、互いにじゃれ合って笑う。

「式はいつですか？」

「次の舞台が一段落したあとあたりだな。十一月二十二日、いい夫婦の日の予定だ。はなむけに、おまえの名演技を期待してるからな」

「すげープレッシャーだ」

「おうよ。もし結婚でうまくいかなくなることがあったら、全部おまえがこけたせいにするからな」

「うーわー絶対にやだ」

「なら、頑張れ」

村上はそう言って、凛音の肩を叩く。

図らずも、村上のおかげで気分が浮上した。持つべきものは良い先輩だ。

そういえば、劇団に入りたての頃、村上のことをいいなと思っていたこともあった。だが、恋という対象になる前に彼女がいると聞かされていたから、それ以上に気持ちが発展することのないまま友だちでいたけれど。

例えば、これから先、恋人のいない誰かに恋をすることだってあるかもしれない。だったら、桐谷から離れても、そんなに嘆くようなことではないだろう。そう言い聞かせるものの、胸の奥でちりちりと灼けるような痛みは一向に消えていかない。

この間の冴子との一幕だって、好きだとか、正義感だとか、二十歳の若者が、ちょっとかっこつけて言っただけに過ぎないのかもしれない。

桐谷の背負っている環境、これから先のトワとの暮らし、すべてに対して覚悟があったわけじゃない。薄っぺらい自分の人生じゃ説得力だってない。こんな自分が桐谷とトワの人生に関わろうとするのは良くないことかもしれない。

でも……忘れるには、あまりにも存在が大きくなりすぎた。

考えれば考えるほど、答えは見つからない。ただただ、恋しさだけが募るばかりだった。

稽古が終わったあと、役者仲間に別れを告げて稽古場から出た凛音は、すぐにトワのいる撮影スタジオへ足を運んだ。

今日は桐谷が仕事を早く切り上げる予定でいるらしく、一緒に帰ろうとメッセージが入っていたのだ。

桐谷の前では、できる限りいつも通りに接するようにしているつもりだが、いつ家を出ていってほしいと言われるか、内心びくびくしている。

とにかく、桐谷がどんな答えを出しても、彼らの力になれることがあれば力になりたい。今はそれだけを考えていたいと思う。

スタジオに顔を出すと、トワが一目散《いちもくさん》に駆けてきた。

「りおん、ままー」

凛音はしゃがみこみ、トワが両手を伸ばして抱きついてくるのを受け止めた。ママという言葉が、胸に突き刺さる。でも、笑顔は絶やさずにいたい。トワのためにも。

「トワーただいま!」

元気よく言って、やわらかい温もりを包み込む。

「ふふ。ママもすっかり板についてますね~奥村くん」

ヘアメイクの矢野が、楽しそうにからかってくる。

「お疲れ様です。でも、女装モデルはもうやりませんよ」

「え〜もったいないなぁ。すっごく、すっごく、似合っていたのに」

「いえいえ、ゴリ押ししないでくださいよ。もうこりごりです」

ちゃんと伝えておかないと、またやらされるかもしれないので、ここは突っぱねておく。

残念そうな表情を浮かべている矢野をよそに、トワが凛音の手を引っ張った。

「ねえねえ、りおん、きてきて」

「ん？　何？　トワ」

衣裳部屋に案内され、ずらりと並んだ女の子の衣装に圧倒される。

「そうそう、今までトワちゃんが着ていた衣装です。月に一度、気に入った衣装を買っていかれるんですよ。普通にショップで買うよりもちょっとお買い得なんですよね。子どもはよく汚すから、洋服はいくらあっても足りないぐらいですもん」

矢野が状況を説明してくれる。なるほど。洋服を汚した場合、買い取りすることがあるらしいが、トワの場合は気に入ったものを自主的に購入するようだ。

「トワはどれがお気に入りなんだ？」

「えっと、えっと、これと、これと……」

凛音が尋ねると、トワは目を輝かせて選びはじめた。

「こういうところが、やっぱり女の子って感じだよなぁ」

「ふふ。そうですよねー」

着せ替え人形のようにあれこれ次から次に手にとって、ファッションショーを開いていると、衣装部屋に桐谷が入ってきた。

「やあ、奥村くん、来てくれていたんだね」

「はい。今、色々お気に入りの衣装を見せてもらっていたんですよ」

「そっか」

社長の顔で話しかけてきた桐谷だが、トワを見るとすぐにやさしく目を細め、父の顔に戻る。

「トワ、気に入ったのがたくさんあったかい？」

「うん。だいすきなの、いっぱい」

トワは声を高らかに、素直に答える。

「凛音ママが色々見立ててくれて、トワちゃん嬉しかったみたいです」

「じゃあ、三つの衣装を選んでごらん」

「はぁい。りおん、トワ、これにしゅるー」

トワが言って、ピンク、黄色、赤、三つのワンピースを両手に抱きしめ、凜音にアピールする。

「わかった。俺が受け取るよ」

そうして衣装の買い取りを終えると、凜音はスタッフに挨拶をして、桐谷とトワの二人と一緒にスタジオを出ることになった。

トワははしゃいで疲れたらしい。既にうとうとしていたので、凜音がおんぶすることにした。

駐車場に向かいかけたとき、桐谷が腕時計に目を留め、トワの表情を覗き込んだ。

「このまま完全に寝てしまう前に食事をとった方がいいかな」

「そうですね。このあたりにファミレスありましたよね」

「じゃあ先に夕食にしよう」

ファミレスは幸《さいわ》い混雑しておらず、すぐに席に案内された。

トワは着席した途端に思いだしたかのようにお腹が空《す》いたと言い、温野菜のスープを注文してフォークで野菜を細かくしてやると、もぐもぐと美味しそうに料理を口に運んだ。

「満腹になったら今度こそ寝ちゃうだろうね」

「そしたら、そのまま寝せて、体だけ拭いてあげてもいいですよね」

「うん。そうだね」

「朝風呂に入るのも楽しいかも」

凛音はつとめて明るく振る舞った。さっきからトワに関する会話しかしていない。今までなら、演劇のことや趣味のことなど、普段どうしているのかとか色々聞いてくるのに、桐谷は何も話題を出さない。それが、なんだか距離を置かれているような気がして、寂しさを感じた。

沈黙が怖くて、凛音はいつになく饒舌《じょうぜつ》に喋った。そのどれもが他愛もないことだった。桐谷は笑ってくれるが、やはり凛音と視線を合わさない。レストランから出て車に乗ったあとは、互いに何もしゃべらなかった。知り合う前以上に、二人の距離がとても遠くに感じられた。

(覚悟を決めなきゃダメだよな……)

自分にそう言い聞かせようとするが、桐谷を見つめるたびに胸が締めつけられて仕方なかった。

帰宅後は予測していたとおり、寝かしつけるまでもなく、トワはすんなりとベッドに入って眠ってしまった。くぅくぅと小さな寝息を立てている彼女が可愛くて、ずっと見ていたいくらいだ。これも見納めになるのではないかと思うと、心臓を握られたみたいに苦しくなる。

それから、風呂に入って身支度を整えた凛音は、気まずくならないように「おやすみなさい」と告げ、そそくさと部屋にこもった。

声をかけられなかったことに、正直ホッとしている自分がいる。それでも、なんだか落ち着かない。

もやもやした気分を払《ふっ》しょくすべく、台本を開いてセリフを黙読しはじめたものの、なかなか集中できない。

今回任された役はセリフが多いので、演技に集中するためにも、暗記しておきたいのだが、桐谷のことが気にかかり、稽古場にいるとき以上に、うまく頭に入らなかった。

(なんか、喉が渇いたな)

凛音は半分も憶えないうちにギブアップして台本をいったん閉じ、部屋を出てキッチンに向かった。

とりあえず気分転換……そう思った矢先にリビングのソファに桐谷の姿があり、ドキリとする。桐谷の方も凛音の気配に気づいたらしく、こちらを振り向いた。

「凛音くん、どうしたの」

「あ、えっと、台本を読んでいて、セリフの練習をしてたら、ちょっと喉が渇いて」

「そっか。ミネラルウォーターが冷蔵庫に入っているよ」

「はい。いただきます」

凛音は冷蔵庫を開けて、ミネラルウォーターを一本取り出し、グラスに注ぐ。その間、ちらりと桐谷の姿を盗み見る。

彼はお酒を飲んでいるわけでも、仕事をしているわけでもなく、ぼんやりとソファに埋もれているだけのようだ。

どことなく元気がないのは、仕事で何かあったのだろうか。やはり冴子とのことがあるからだろうか。話題は避けたいけれど、桐谷のことが心配で、凛音は重たい口を開く。

「雅人さんは、どうしたんですか。てっきりもう休んだと思っていたのに」

「うん、色々と考え事していてね。凛音くん、部屋に戻る前に、少しいいかな?」

「……は、はい」

これは、やっぱり墓穴を掘ってしまったかもしれない。内心緊張しながら、凛音はソファに向かい、桐谷の隣に座った。

落ち着け。覚悟しようと決めていたじゃないか。鼓動がどんどん速まっていく。沈黙が苦しい。ああ、別れ話をされるときというのは、こういう雰囲気なのかもしれない。そんなことを漠然と思う。

不意に、今まで桐谷とトワと三人で一緒に過ごした日々が次々に蘇《よみがえ》り、目頭が熱くなってくる。凛音は慌てて目元を拭った。泣いたりしたら格好悪いどころではない。桐谷に負担をかけてしまうだけだ。

今までずっと苦しんできた彼を自分が追い詰めるのだけは避けたい。本気で桐谷のことが好きだから。彼には幸せでいてほしい。トワと一緒に笑顔でいてほしい。

心の中であれこれ妥協点を見つけながら、すうっと胸の中にあたたかい感情が溢れていくのを感じる。切羽詰まったような激しい熱が、全身にこみ上げてくるみたいだ。

(そっか。俺……自分で想像している以上に、この人のこと、愛しているんだな)

我ながら、あらためて自分の想いに気付かされ、驚いた。

自分はこれまで誰かに依存するほど深い関係になることはなかった。きっと恋愛対象が男だと知られたら引かれるだけだろう。だから告白はしないし、ただ想っているだけでいい。そう考えてきた。

でも、桐谷に対する想いは違う。彼が再婚するという話を聞いたとき、あんなにも激しい感情が昂ってたまらなくて、彼を思わず引き止めた。好きだから一緒にいたい。離れたくないという執着心があった。

でも、今回は別だ。トワの本当の母親がよりを戻したいといっている。もともと家族だった三人が一緒になれるチャンスを壊す権利は、凛音にはない。

好きだからこそ離れないといけないことだってあるだろう。好きな相手に幸せでいてほしいと願うのも愛情のひとつなのではないだろうか。切り出されるまでの間、凛音はそうして自分を納得させる理由をあれこれ探していた。

「凛音くん」

桐谷に名前を呼ばれ、びくっと肩が震える。

「は、はい」

「この間、僕の元妻が失礼な振る舞いをしてごめん」

「い、いえ、俺は……」

声は上擦《うわず》るし、桐谷の顔がまっすぐに見られない。凛音はいたたまれなくなり、とっさに俯いた。

「あれから僕は色々考えていたよ。トワのためにどうしたらいいのか、結論を出さないといけないいなって」

桐谷は慎重に言葉を選んでいる感じだ。凛音はその間、緊張で手に汗を握った。しかし待っている時間が不安で怖くてたまらなくて、凛音はついに自分から口を開いた。

「わかってます。言ってください。もう、覚悟はできていますから。俺は、雅人さんとトワのことを尊重したいんです。どんな結論を出しても、これからもずっと応援します。だから……」

涙がこぼれてしまいそうになり、凛音は瞼をぎゅっと閉じた。そして、最後通告を待つ。

さあ、ひとおもいに告げてほしい。わかりました。今までありがとうございました。その言葉を繰り返し頭の中で練習する。

しかしいつまでたっても、桐谷は口を開かない。

「凛音くん、お願いだ、顔をあげて、僕を見て。最後まで聞いて」

凛音はおそるおそる顔をあげた。桐谷はいつになく真剣な瞳で凛音を見つめていた。

いつにも増して静寂な色をたたえた瞳の奥に吸い込まれそうになり、凛音は息をのむ。

「僕はね、トワのためになるんだったら、元鞘《もとさや》に戻るのはアリかと思った。それが自然な形なんだと言い聞かせたよ」

桐谷はそう言い、憂《うれ》いを帯びた表情を浮かべ、ふうっと小さくため息を落とす。

「でも……君がいなくなることを考えたら耐えられなかったよ。それほど大きな存在なんだって、思い知らされたんだ」

切れ長の綺麗な瞳が、ゆらゆらと揺れる。澄んだその色に魅入られながら、凛音は言葉を失ったまま、桐谷を見つめていた。

「それにね、勝手なことを言わせてもらうと、トワのことを考えたら……なおさら、君には側にいてほしいって思ったんだ。トワには形だけの母親が必要なわけじゃない。元鞘に戻れば安泰《あんたい》だなんて考えは、僕の逃げでしかないんだ。たとえ現状のままだって、いくらでもトワを幸せにする工夫ができるはずだって、気付かされたんだよ。そのきっかけを……凛音くん、君がくれたんだったよね。そんな君を……手離すことを考えるなんて、できないよ」

桐谷がひと息ついて、凛音の手をぎゅっと握る。

「雅人さん……」

「不安にさせてごめん。こんな僕の恋人になってくれた君に、申し訳なかった」

「俺は、ちゃんと覚悟してたんですよ。今だって、納得するように……必死に言い聞かせようとして……たのに。なのに……」

声が震える。抑えていた感情が次々にこみ上げてきて、息ができなくなりそうだった。

「じゃあ、なんで、そんな泣きそうになってるの」

「……雅人さんと同じように、それほど……俺にとって、大きな存在だからですよ。雅人さんのことも、トワのことも……っ」

胸が詰まって苦しい。でも、なんとか言葉を繋いで、想いを届けられた。そしたら、我

慢していた涙がじわりと視界をにじませた。

するとと、桐谷は凛音の手の甲に、まるで花嫁にそうするかのようなキスを落とした。

「君はまだ若いし、これからの未来がある。だから束縛したらだめだって思ってた。こう言うのは僕の身勝手かもしれない。でも、それを承知の上で、言わせてほしい」

凛音は涙を拭いながら、桐谷をまっすぐに見つめる。

桐谷はこれまでにないぐらい、真剣な表情で凛音を見つめていた。

「傲慢で我儘な願いかもしれない。でも、どうしても想いは変えられなかった。これから先の人生、僕と一緒に歩いていってほしいんだ、君に」

告げられた言葉の意味を、ゆっくりと反芻する。

「俺は、雅人さんの側に、ずっと……側にいてもいいっていうことですか？」

「うん。ずっと……ずっと、側にいてほしい。いつか叶えられるのなら、君と僕とトワと三人で……ほんとうの家族になりたい」

桐谷の想いが嬉しくて、凛音は涙をこぼしながら、頷く。

「……はいっ。ずっと、ずっと、一緒に……いますっ……ずっと」

そう伝えた瞬間、覆いかぶさるように唇が塞がれた。その拍子にずるり、と身体がソファになだれこみ、桐谷の熱い身体を受けとめる。

「……雅人、さん」

名前を呼ぶ声が知らずに甘く擦れた。吐息に合間を狙って注がれる甘いキスに身を焦がす。

「嬉しいよ。君がそう答えてくれて」

「……俺、だって、……もう、別れてほしいって言われるかと思った」

「怯《おび》えていたのは僕の方だよ。もうめんどくさい男の相手はうんざりだと思われたかもしれないって」

「そんなことない」

言いながら、涙が頬を伝う。

「泣くほど、好きでいてくれるって自惚《うぬぼ》れていい？」

凛音は頷く。我慢するものがなくなったと思ったら、いくらでも素直になれそうな気がする。

「ああ、もう、反則なぐらい、可愛い……」

桐谷はそう言い、首筋に唇を滑らせ、シャツのボタンに指をかけた。

「ずっと抱きたかった。今日は、泣かせたお詫びに、大事に可愛がらせてほしい」

「あ、……」

だんだんと愛撫は下の方へと移る。スラックスの中に手が伸びていき、やさしく握られた。それればかりか、くちづけようとしているのを見て、思いきり慌てる。

「そんな、でも、口で……なんて」

「……したいんだよ。君の返事がうれしかったから。今夜は僕にさせてよ」

かちかちになった熱い分身を引きずり出され、粘膜の輪に包まれると、腰の奥から激しい衝動がざわざわと沸き起こる。

じゅっ……くちゅっ……と淫らな水音を立てながら、形のいい唇が凛音の屹立《きつりつ》に吸い付く。

「ん、んん」

愛しい人の唇に包まれ、舌で丹念に舐められている様子は、想像以上にそそられ、視覚的にも感覚的にもかなりくるものがある。

「雅人、さんっ……あ、っ……だめ、俺っ……すぐに……出ちゃう、からっ」

自己申告も虚《むな》しく、あっけなく吐精《とせい》してしまい、いたたまれない気持ちになる。

「だ、から言ったのに。ご、ごめんなさい……汚い……」

だが、桐谷はこぼれた精液も美味しそうに舐めとり、挑発的な視線を向けてきた。

「なんで謝るの。汚いとこなんてない」

「一方的なんていやだ。俺も、したい……」

凛音は無意識にねだるような声を出してしまった。桐谷は愛しそうにこちらを見て、触れることを許してくれた。

「ほんとう不思議だよ。君以外には感じないんだ。女性限定というわけじゃなかったようだよ」

張りつめつつあった桐谷の分身を、手のひらにおさめ、膨れあがった切っ先に舌を這わせる。太く浮き上がった血管の筋を辿るように舐めていると、桐谷の呼吸が乱れる。その彼の表情が色っぽくて、もっと見ていたいと思った。

「ん、凛音くん、もう限界……」

何往復しただろうか。夢中で貪っていると、桐谷は凛音の唇にそっと指を添えて、離させようとする。喉の奥に微かに苦い体液が流れてくるのを感じつつあった。硬く隆起した熱は今にも爆発しそうになっている。

「いいです。口の中に……出しても……」

続けて愛撫しようとすると、ずるりと引き抜かれた。

「だめ。君の中でイきたい。うしろ向けて」

命じられるまま、凛音はソファに掴まり、後ろに腰を向けた。

桐谷が避妊具をつけた熱の昂りを窪みにおさめ、ゆっくりと入ってくる。

「んんっ……」

痛みと共にやってくる圧迫感に耐え忍んで、息を押し殺す。

「……いつも、きついね。大丈夫？」

少し途絶える桐谷の声が、愛おしい。

「……はぁ、角度が、あ、んん」

丁寧に、でも、深く求めてくる愛し方は、桐谷そのものをあらわしているようで、なおさら愛しくなる。やがて拓かれた中は、互いの粘膜を擦るたびに、淫猥な打擲音を立てはじめた。

「あ、すご、……おっきくなるの……やっ」

挿送のたびに張りつめていくのが伝わってくる。内側を抉《えぐ》られるたびに、秘めていた想いが溢れ、涙がぽろぽろと目尻からこぼれた。

「……痛い？」

「ん、違う、……きもち、いいんだっ……」

桐谷の息遣いが乱れ、切なそうに囁く。

「ごめん。加減がわからない……ひどくしないように、したいのに」

ソファがぎしぎしと軋む。背面から覆いかぶさり、密着している背中が熱い。激しい心臓の音が伝わってくる。

「……はぁ、あっ……」

相変わらず桐谷の刀身はたっぷりと質量があり、中が広げられるのは苦しい。

でも、嫌いじゃない。むしろもっとひどくされてもいい。桐谷のことを表面上ではない深いところで、ずっと感じていたい。

「あ、ぁっ……ぅ」

「……はぁ……愛してる、よ、凛音……」

「あぁっ……んんっ……雅人、さんっ……俺も、愛して、るっ……」

激しい衝撃と、絶頂感を何度も味わいながら、桐谷の愛を受け入れる。

今夜はどれほどでも溺れるぐらい、抱かれていたかった。


頬に清涼な風がふわりと当たり、意識がじわじわと覚醒する。寝返りを打とうとして、あまりの身体のだるさに呻くと、ぼんやりとした視界の中に、桐谷の姿が映った。

「おはよう」

「……俺、……」

「気を失ったように眠っていたよ」

穏やかな声に宥《なだ》められて、深呼吸する。

「あ……そっか」

凛音はすぐにも思いだした。荒れ狂うような情熱と、満たされた幸福の時間を――。

「昨日のこと、夢じゃないよ」

そう言い、桐谷は凛音の頬にキスをする。

「もちろん、わかってますよ。実感も……してます」

「そうだね。身体は辛くない？」

「大丈夫です」

「よかった」と微笑んだあと、桐谷はかしこまった顔で言った。

「さっき、冴子に連絡を入れた。話をしようと思ってるんだ。君も同伴するかい？」

「行きます。俺の気持ちもちゃんと伝えておきたいから」

「すまないね」

申し訳なさそうに、桐谷は言う。

「家族になるんでしょう？　だったら一心同体じゃないですか」

「可愛いこと言うね」

「……昨日の雅人さんの方が、ずっと可愛かったです。余裕がない感じが……」

するると、桐谷は途端にきまり悪そうな顔をした。

「それはね、君を前にすると、いつだってそうだよ」

照れている桐谷は貴重だから、なんだか嬉しい。

「雅人さんの方が先に起きてるのは、珍しいな」

「それもこれも愛の力じゃないかな」

調子のいいことを言いながらキスをする桐谷を、凛音は軽く咎める。

「今まではちっとも起きなかったくせに」

「甘えてたんだよ、君に。一生懸命なところが好きだからさ」

「そうやってまた人たらしなこと言う」

「君にもっと好きになってほしいから、気を引きたいんだよ」

桐谷と言い合うと、きりがない。照れくさいのをごまかしたいのに、それが桐谷にかかると、全部甘いフレーズに変わってしまうから困る。

でも、嫌じゃない。こういう些細《ささい》なやりとりこそが、凛音にとって愛されている自信になるし、心の支えなのだ。

桐谷にとってもそうであったらいい。そうなりたいと今まで以上に強く思う。


さっそく二人で待ち合わせた場所に行くと、冴子が既に着席していた。

挨拶をするやいなや、

「それで?」

と、冴子がさっそく話を聞きたがる。

桐谷は凛音を一瞥《いちべつ》し、それから重たい口を開いた。

「単刀直入に言うと、トワのことはこれからも僕に任せてほしい。それを伝えにきたんだ」

桐谷の一言のあと、三人の間に緊張が走った。しばらくの沈黙のあと、冴子がため息をついた。

「そう。よりを戻すつもりはないっていうことね」

「ああ。僕には一緒にいたいと思う大切な人がいるんだ」

「それがこの子?」

冴子の視線が、凛音の方に向けられる。凛音は身体を強張らせる。だが、少しも視線を逸らさずに、まっすぐに見つめ返した。

「そうだ」と、桐谷は断言する。

冴子は家を訪れたあの日から、薄々《うすうす》気付いていたのだろう。男同士の恋愛なんて理解できないといった顔はするが、それでも嫌悪は見せなかった。それどころか妙に納得したように頷く。

「あなたが苦しんでいたとき、私は常識に捉われて、理解しようとしなかった。我が子なのに愛着が持てずに、あなたに押し付けて、自暴自棄《じぼうじき》になって他の男に走ったわ」

自責《じせき》の念に駆られるように、冴子は声を低くした。

「僕の方こそ、君には申し訳ないことをした。たとえ形から入った結婚だったとしても、互いに愛そうと、理解しようとするべきだった」

すまない、と雅人は頭を下げると、いいえ、と冴子は首を横に振った。

「あなたの場合は根本的なことだったんだもの。いくら無理強いをしたところでダメだったのよ。それを今は責める気になれないの」

夫婦だった二人の間には、立ち入れない問題があったことだろう。それはデリケートな問題で、相容《あいい》れない問題だったかもしれない。そして、時間が経過した今なら、許せることもあるのかもしれない。

凛音は二人の会話をじっと黙って聞いていた。

「トワのことは……今でも、可愛いと思わないかい？」

桐谷は控えめに問いかけた。

「残念ながら……あなたの恋人ほど、強くは大切に想えないわ」

冴子は淡々と言い、凛音を一瞥した。しかし、凛音は彼女の言葉が真意とは思えなかった。綺麗に塗られた爪の先が、わずかに震えていたからだ。

お腹を痛めて産んだ子でも、愛情を持てないという母親はたしかにいるようだ。けれど、冴子はきっと違うだろう。放っておいたままにせず、気にかけて戻ってきたぐらいなのだから。トワを置いていったあとも、きっと彼女なりに悩んでいたはずだ。

自分のせいで桐谷と冴子……トワの両親の仲を引き裂いてしまうかもしれない、ということを考えると、今でも葛藤に苦しむ。桐谷と一緒に選んだ結論だとはいえ、将来正しい答えだったと言えるかどうかはわからない。

けれど、桐谷と一緒にトワを幸せにしたいという想いだけは負けない。その気持ちだけは変わらずに自信を持っていたい。一緒にいたいと思うのならば、揺らがずに覚悟をもっていたい。それが、けじめというものだろう。

「俺、雅人さんを誰よりも幸せにします。トワちゃんを誰よりも大切にします」

凜音は想いを込めてそう宣言し、冴子に頭を下げた。そしてこの言葉を、いつか一人前の役者になったとき、凜音の実家の家族にもきちんと打ち明けようと思う。

覚悟はもう、決まった。

「……こういう問題だもの。生半可《なまはんか》な気持ちじゃないんでしょう。時々は連絡をちょうだい。私はまたニューヨークに行かないとならないの」

冴子の言葉に、凜音は顔を上げる。

「愛情がまったくゼロというわけではないのよ」

冴子は少しだけ寂しそうにそう言い、席を立った。

「和解成立ね。話はこれで終わりにしましょう」

「トワには会って行かなくていいのかい？」

桐谷の問いに冴子は頷いて、ただ微笑むだけだった。その表情には、トワに対する彼女なりの愛情がにじんでいるようだった。

## ◇8

それから数週間が過ぎ、ついに舞台公演の初日――。

凛音は控室でそわそわと鏡を見たり、セリフを呟いたり、うろうろと歩いてみたり、とにかく忙《せわ》しなかった。

出番はまだずっと先だというのに、先に登場するキャストよりも落ち着きがない。

胃がきりきりと絞られるように痛い。緊張するあまり、頭の中に叩き込んだセリフも演技も一瞬で吹き飛んでしまいそうで怖い。

（大丈夫……ぜったいに、なんとかなる……がんばれ、俺……）

心の中で言い聞かせて、鏡の前で表情のチェックをし、発声練習をする。

「奥村さん、お客さんです」

スタッフから声がかかり、振り返ってみると、桐谷とトワの姿があった。

「雅人さん、どうしたんですか。観たあとに会いに来るって言ってたのに」

「そうなんだけど、どうしても顔が見たくなってね。メイクをするとやっぱり迫力があるね」

　にこやかな桐谷に対し、トワはちょっとだけびっくりした顔をして首をかしげている。どうやら凛音のことを認識していないみたいだ。

「トワ、凛音くんだよ。いつものモデルのようなメイクじゃないからびっくりしたかな」

　桐谷に教えられたトワは、確かめるように凛音の顔を覗き込んできた。

「りおん？　りおんなのー？」

「うん、そうだよ。いつもと違って、かっこいいだろ？」

　凛音が返事をすると、ぱあっと瞳を輝かせた。

「うんうん！　かこいいよ」

「よかったぁ。トワに忘れられたらどうしようかと思ったぞ」

　凛音はそう言って、トワの髪をやさしく撫でてやる。

「本当、別人みたいだね。あの女装のときとも違う感じで」

「それは言いっこナシですよ」

「君も色々気にしていただろうから、これで心おきなく演技に集中してほしい、と思ってるよ」

桐谷の気遣いに胸の奥がじんわり熱くなる。

「俺も、精一杯、舞台に立ってきます。だから、観ていてくださいね。トワと一緒に」

「あぁ。邪魔してすまなかったね。それじゃあ、本番がんばって」

桐谷がトワの手首を支えて、バイバイと手を振らせる。

「ありがとう。トワもまた後でな」

凛音も手を振って、二人の姿を見送った。

愛する人への想い、共に生きていく喜び、失う切なさ……家族とは何か。

初めて名前のある配役をもらった舞台の上で、血の繋がらない親子の物語を、凛音は精一杯演じた。

その間、自然と桐谷とトワへの想いが溢れてしまい、カーテンコールを迎える頃には、感極まって涙が溢れた。

人を愛する尊《とうと》さを、舞台を通して、実感していた。

閉幕後、楽屋で帰り支度を済ませていると、はじまる前と同じように、桐谷とトワが訪ねてきた。

「お疲れさま、凛音くん。とってもよかったよ」

飛びこんできた笑顔に、凛音もはにかんで笑った。トワに抱きつかれて、凛音も同じように抱きしめ返す。

「ありがとうございます。まだまだちょっとした役ですけど、見知った人にそう言われると、なんだか照れるもんなんですね」

「いやいや、本当に感動したよ」

雅人は言って、突然目の前に花束を差し出す。

「はい。これは君に」

色とりどりの暖色系の花々が、視界を覆う。

たちまち芳醇《ほうじゅん》な香りが漂い、鼻腔《びこう》をくすぐった。

「わーすごい。花束なんて初めてもらった」

凛音は両手をいっぱいに広げ、花束を受けとる。すると、トワがその中から一本引き抜いて、凛音に差し出した。

「おはな、どうぞ」

「ありがとう、トワ」

「この花は、お疲れ様でしたと、これからもよろしくね、の意味も込めて。ね、トワ」

「うんうん！　そうなの！」

にこにこと笑顔を浮かべる二人を交互に見て、凛音は思わず花束をぎゅっと抱きしめ直した。

「雅人さん……トワ……ありがとう」

「お礼を言うのは僕の方だよ。これから先、僕は君のことをすごく大切にする。どうか、僕と一緒に……トワのことを愛してほしい」

「もちろんです」

両手いっぱいに抱えきれない花束を抱きながら、愛しい人たちの笑顔を見つめる。この笑顔が見られる限り、なんでもがんばれる気がした。

「これからも、よろしくお願いします。な、トワ」

「うんうん！　よろしく、おねないします。ねー」

トワの小さな手をとり、凛音はぶんぶんと握手をした。

この小さな手を、この笑顔を、これからも守っていきたい。

愛しい恋人と一緒に――。

◇
9

チャペルの鐘が高らかに鳴る。挙式の列席者たちが新郎新婦を祝い、フラワーシャワーを撒《ま》き、色とりどりの花びらが青空へと舞う。

十一月二十二日。今日は『いい夫婦』の日だ。そして、凜音の劇団の先輩である村上の挙式が済んだところだった。

新郎新婦がにこやかに挨拶しながら階段を降りてくる。凜音は新郎である村上が近づいてくるタイミングを窺《うかが》って、祝福の声をかけた。

「先輩、結婚おめでとうございます！」

籠からフラワーシャワーをひと掴みし、はなむけに花びらを撒く。

「ありがとな。おまえもいい人見つけろよ。精が出るぜ？」

いつも明るい村上だが、今日はいつも以上に輝いている。腕に掴まっている花嫁もとても綺麗だ。

いつか――自分ではなく、大切な人の娘がこんなふうに花嫁衣装を着る日も来るのだろうか。そんなことを思わず想像しつつ、凛音は目を細める。

「実をいうと、お嫁さんにしてもいいって人はできましたよ」

想像したついでに、凛音が冗談っぽく言うと、村上は嬉しそうに笑った。

「おお、いいこと聞いたな。今度ちゃんと紹介してくれよ」

新郎新婦のふたりは忙しい。列席者に次々声をかけられ、通りすぎていく。村上はまたなと言い、凛音から離れた。

これから、お約束のブーケトスが行われるらしい。女性達は楽しそうに声を弾ませながら、階段の下の広場に集まり、開始の合図を待っているところだ。

「聞いてたよ」

そのとき突然、耳の側に低い声が触れ、凛音はどきっとする。

驚いて振り向くと、そこにはトワを抱いた桐谷がいた。

「ま、雅人さん……」

「お嫁さんっていうのは、もちろん僕にとっての君っていうことだよね」

にこにこと人のいい微笑みを浮かべている桐谷に、凛音はたじたじになる。

「……っ」

挙式は自由参加ということで、実は彼も一緒に参列していたのだ。新郎新婦に目を奪われていて、すっかり意識の外だった。

「何を言いたいんですか」

まさかウエディングドレスを着ろと言い出すんじゃないだろうな、と不安顔を浮かべていると、こちらの心の内を察したかのように、桐谷はいたずらっぽく笑った。

「君なら似合うんだろうなって思ったんだよ。女装モデル経験者だしさ。ウエディングモデルっていうのもありだよね」

「まだ言ってるんですか。もう女装はしませんよ」

凜音は顔を赤くして反発する。素直に想像した自分も自分だと思う。でも自分はともかく、桐谷のタキシード姿は見てみたいかもしれない。

「それは残念」と言い、雅人は笑った。

と、そこへ、何かきらきらしたものがこちらに向かってくる。凜音は驚いて、とっさにキャッチする。それを手元で確かめ、ブーケだということに気づき、愕然とする。

「ええっ、俺？」

思わず、頓狂な声が出た。列席者の視線が一斉に向けられ、狼狽える。

当然、女性は大ブーイングだ。ブーケを投げ捨てるわけにもいかず、手におさめたまま、どうしたらいいものやらパニックで、とりあえず凛音はすいません、すいません、と頭を下げた。

するると、どっと笑いが起こり、凛音はますますいたたまれなくなってしまった。

「はぁ。マジで焦った」

もちろん本気で咎める者はいなかったが、変な汗が流れた。ふうっとため息をつき、あらためて手元を見る。ブーケは純白のウエディングドレスとお揃いの白い薔薇やガーベラが綺麗なラウンド型にまとめられていて、持つところにプラチナ色のリボンが巻かれてある。

「どうしよう、これ……」

「いいんじゃないの。披露宴に参加する人は、幸せのおすそわけっていって、記念にテーブルの花を持ち帰っていったりするもんだし、それと同じだと思えばＯＫだよ」

「そう言ってもらえると安心します」

凛音はホッと安堵のため息をついた。

「いやいや、それに、次は君の番ってことなんだしね」

と、桐谷は耳の側で囁いてくる。

「……っ」

凛音は思わずドキッとした。

「……そういうことで、よろしくね。僕のお嫁さん」

ブーケに隠れる形で、頬にちゅっとキスをされ、凛音はぎょっとする。

「ちょっ……」

周りに見られたのではないかと慌てふためくが、桐谷は知らん顔で楽しそうにしている。

「雅人さんっ……雰囲気にのまれすぎですよ」

凛音が顔を赤くして抗議していると、反対側の頬にもやわらかく湿った感触が伝った。

桐谷の腕に抱かれていたトワが、桐谷を真似て、凛音の頬にキスをしたのだ。

「……っ、トワ」

「りおん、だいしゅきー」

先ほどフラワーガールの役をやっていた小さなプリンセスの愛らしい笑顔に、すっかり懐柔《かいじゅう》される。凛音はたまらなくなり、思わず彼女の頬にキスを返した。

「俺も、トワが大好きだよ。かわいい、小さな花嫁さん」

「えへへっ。トワ、とっても、かわいい？」

「うん、とっても、とっても、ね」

「じゃあ、モデルのおしごと、いっちょにする？」

目をキラキラさせてトワが言う。まもなく四歳になる彼女は以前よりも口調がはっきりとして、以前よりもさらにお喋りになった。

「えーっと、それはちょっとなぁ」

「タシキード、だよ」

「え？　ああ、そっか。タキシードね。それなら歓迎するよ」

「わぁい」

盛り上がるふたりを尻目に、桐谷がしてやられたというような複雑な顔をしていた。

「う～ん、強力なライバルができちゃったな……これは」

「何か、言いましたか？」

「僕にはキスを返してくれなかったのにな」

凛音は先ほどの逆襲のつもりで、あえて聞こえなかったふりをした。

「さてさて、帰ろう」

と号令をかける。すると、トワも同調してくれた。

「うん。かえろう！」

「かえろう、かえろう、からすがないたらかえりましょう！」

凛音がリズムをつけて歌うと、トワが真似をして溌剌《はつらつ》とした声をあげる。

「それ、なつかしいな」と桐谷は笑った。

可愛い歌声を聞き、目を細める桐谷を見て、凜音は嬉しくなって頬を緩める。そして、こっそり、桐谷の頬にキスをした。驚いた桐谷の顔を見て凜音は声を立てて笑う。

この先の未来は——どうなるかなんてわからない。

けれど、かけがえのない人たちと過ごす一日一日を、大事にし続けたいと思う。

挙式の帰り道を、明るい夕陽が照らし、三人で手を繋ぐ影がやさしく伸びていった。

# 姫の初恋のお相手は……!?

『——あれから一年以上の月日が流れましたが、元気でお過ごしでしょうか。我が家の姫も五歳になり、幼稚園の年長さんになりました。とりあえず……うまくやってます』

雅人《まさと》がハガキに書いた文面を目で追いながら、凛音《りおん》は思わず突っ込んだ。

「とりあえず……って何か不安要素があるみたいじゃんか」

実は、雅人の元妻の冴子《さえこ》が、ニューヨークで現地の人と再婚したらしい。この間、エアメールが届いていた。ハガキはその返事だった。

（まあ、とりあえず……うまくいってるよな）

凛音はそう言い聞かせつつ、近所にあるポストにハガキを投函《とうかん》したあと、トワが通っているツグミ幼稚園に彼女を迎えに行った。

門をくぐると、通園鞄を持ち帽子をかぶったトワが先生と一緒に待っているのが見えた。

そして、トワの方も凛音を見つけたらしい。突然、大声をあげた。

「あ、おくむらくんだー！」

甲高い園児の声が響きわたる。声の主はトワだ。凛音はトワの声に応じるように手を振った。

するとぶんぶんっとまた大きく手を振り返される。送っていったときに泣きそうな顔をされると後ろ髪が引かれるものだったが、こうして迎えに来たときにとても嬉しそうな顔をするトワを見るのが、幸せのひとときでもあった。

「せんせーさようなら！」

トワは礼儀正しく先生に帰りの挨拶をする。

「はい、トワちゃん、さようなら」

先生も同じように挨拶を返す。すると、先生の側から離れたトワが、ばたばたと凛音のもとに駆けてくる。

凛音は先生に頭を下げ、トワの手を握った。

「ちゃんと挨拶をして偉いね、トワ」

「うん、だって、もう五さいだもん」

トワは大人ぶった口調でそう答える。

凛音はこの間から疑問に思っていることを彼女に尋ねた。

「なあ、トワ、なんで、おくむらくんって呼ぶの？」

「えー」とトワが困惑したような声を出す。

なぜか最近になって、幼稚園に迎えに行くと、凛音のことを『おくむらくん』と呼ぶようになった。最初はふざけて言っているのかと思い、聞き流していたが、気付けば、毎回そう呼ぶようになっていたのだ。

なんだかトワと距離が出来たみたいで寂しい。ハガキにあった『とりあえず……』の理由は、このことだったりして？

不安に思いながら、相変わらず愛らしい天使を見つめると、トワは言いづらそうに通園鞄をゆらゆらと揺らしながら、ちらりと意味ありげに凛音を見上げた。

「頼む！　おねがい、教えて？　トワ」

すかさず凛音が両手をぱちんとあわせて必死に頼み込むと、うーんと考え込むような顔をしたあと、

「しょうがないな～とくべつに教えてあげてもいいけどね」

と不満そうに頬を膨らませる。なぜその表情なのか、凛音はますます気になった。

何かトワに嫌われるようなことをしただろうか。凛音があれこれ自分の失態《しったい》を想像していると、訥々《とつとつ》と喋り出した。

「パパがね、りおんのこと、よびつけしちゃいけないっていうんだよ」

トワはまた不満げに唇をへの字に曲げる。

予想外の回答に、肩透かしにあう。

「えっ……そうなの？　パパがそんなこと言ったんだ」

「うん。せんせいもそういってた。それがネギなんだって」

「え、ネギ？」

ネギ……頭の中で整理して、トワの言いたいことを理解する。

「あ、えっと〜……礼儀かな？」

「うん。そうだよ。しつれいになるんだって」

「なるほど。目上の人を敬《うやま》わないといけないっていうやつかな。そういう礼儀はたしかに大事だ。トワだって、先生におはようございますとか、さようならって言うだろ？」

凛音はもっともらしく説明するのだが、

「うん……」

と頷きながらも、トワは納得していない顔だ。

「まあ、俺もトワにだったら、呼ばれてもいいんだけどな」

「どうして？」

「特別な人に、親しみを込めた呼び方をすることも、同じだけ大事だからだよ」

「ふうん？」

トワは意味がわからないといったふうに、凜音の顔をじっと見つめてくる。凜音はわかりやすい言葉でもう一度説明した。

「うーんと、ほら、トワだってクラスのお友達の名前をみつきちゃんとか、ゆうたくんとか呼ぶだろ？」

「うん。よぶよ。それなのに、へんだよねえ」

「う、う～ん」

わかっているんだかいないんだか、トワのママ代わりから友だちに昇格？ 降格？ したのか。

凜音はどうにも釈然としない複雑な気持ちで返事をあいまいに濁《にご》すしかなかった。

しかし、雅人がそんなことをトワに言ったなんて初めて知った。

一体どういう会話の流れでそうなったのだろうか。唸りながら考えていると、トワがつんつんっと凜音のシャツを引っ張る。

「ねえねえ、おくむらくんは、トワのことすきだよね？」

「それはもちろん大好きだよ」

「トワもだいすきだよ。でも、パパはきらい」

トワは一瞬の照れ顔のあと、むすっとした顔をして言った。

「ええっ」

ほんとうにどうしたのだろう。親子喧嘩《げんか》？　トワに対していつも温厚な雅人からは想像がつかない。自分が知らない間に、何があったのだろう。

「どうして急にパパのことがきらいになったの？」

とりあえず、凜音はストレートにトワに理由を聞いてみることにする。

「だって、トワにね、おくむらくんはパパのだいじだからトワのおむこさんはダメだっていうんだよ」

拗《す》ねた瞳で見つめられ、凜音はたまらず空笑いした。

「お……婿さん、はは……うーん、それはたしかにダメだよね」

雅人は何を吹聴《ふいちょう》しているのだろうか。なんだか恥ずかしくなってくる。トワはぷうっと頬を膨らませたままだ。どうやら凜音の回答に納得がいかなかったらしい。

「えーっと、ああ、ほら、トワにはもっとかっこいいボーイフレンドの方がいいよ？　なんだっけ、たいようくんとか、そうたくんとか……」

「おくむらくんがいっちばん、かっこいいよ」

なぜかトワは胸をそらして得意げに言う。そこまで持ち上げられると、なんだか嬉しいよりも気恥ずかしい。

「ありがとうな。トワにそう言ってもらえるなんて幸せだよ」

ほのぼのとした気持ちになりながら、凛音はトワの手を握り直す。

「ねえねえ、おくむらくんは、パパのことすき？」

「うん。好きだよ」

「すごくすき？」

「うん。すごく好きだよ」

いくら本人がいない状況で子ども相手の会話だとしても、だんだんと恥ずかしくなってくる。だが、トワは納得しなかったようだ。

「それじゃあ、だめだよ。やりなおし。もういっかいいって」

相変わらずのお気に入りのツインテールをぶるぶると揺らす勢いで、トワがダメだしをする。

「なんで、もういっかいいなの？」

通行人がくすくすと笑っているし、できるなら、大きな声で何度も言いたくないのだが。

「つべつべいわないの」

「つべこべ、ね。はぁ……」

今日のトワは手ごわい。言葉が達者になってからは大人顔負けのことを言うから参ってしまう。もうこうなったらやけっぱちだ。

「雅人パパのこと、とっても大好きだよ」

「ふーん、そうなんだぁ。トワよりもすきなんだね。だからとくべつに呼んだらいけないんだ」

泣き出しそうな瞳で見られ、ドキッとする。凛音はあわあわと言い訳した。

「そ、そんなことないよ。どっちもだいじだよ」

「じゃあ、どうしておむこさんはだめなの？」

「うー……」

まさかの堂々巡りだ。最初に出会った三歳の時から頑固で気難しいところのあるトワだが、五歳になったらそれにますます拍車がかかっているように思う。

どう説明したらいいのだろうか。トワに好かれることはうれしい。彼女のことは大好きだ。それは本当に本当だけれど、雅人への想いとは違う。

それを子ども相手にバカ正直に説明するのもなんか違うし、だからといって純粋な瞳で見つめられたら、適当に嘘をつくわけにもいかない。

「それは、その、……だから」

もごもごと言葉を濁していると、

「男の子は、はっきり言わなくちゃいけないんだよ」

さらに追い打ちをかけられ、凛音はたじたじになる。

「ははっ」

……と笑い声が後ろから聞こえて、凛音は弾かれたように振り返った。そこには雅人の姿があった。

「雅人さん！」

救世主の登場で、凛音はホッと胸を撫で下ろす。

「こらこら、トワ。おくむらくんを困らせたらダメだよ」

雅人の姿を目に入れたトワは、さっそく文句のぶつけ場所を見つけたと言わんばかりに、ぶうっと頬を膨らませた。

「だって、パパがわるいんだよ。ひとりじめしようとするんだもん。トワだってだいすきなのに」

トワが不満そうに目を吊り上げる。子どもながらになかなかの迫力だ。雅人は笑ってごまかそうとしているが、そんなものではトワの機嫌は直らない。たまらず、凛音は横からちくりと牽制する。

「雅人さん、笑いごとじゃないですよ。さっきまでさんざん尋問された俺の身にもなってくださいｲ。どうして突然、トワにおくむらくんって呼ばせようとしたんですか？　小さいからって乙女心を甘く見ると、そのうち痛い目にあいますよ」

トワの真似をして、雅人をきっと睨みつけてやる。

「んー……だって、ほら。それは、危険予測だよ」

しどろもどろの言い訳に、凛音は眉をしかめた。

「危険予測？　なんですか、それ」

「いや～……ほら、トワが君に本気になったら困るからさ」

「そんな……俺は、害虫ですか。虫ケラ扱いですか」

ショックを受ける凛音に、雅人はくすくすと笑い、耳打ちしてくる。

「違うよ。僕がやきもちを妬いただけさ」

耳たぶに触れた吐息に、ドキッとする。

「なんて大人げない……」

と非難の言葉とはうらはらに頬が熱くなる。どうやら墓穴を掘ってしまったみたいだ。

くすくすと雅人は笑う。

足元でじいっと見上げているトワの視線にハッと我に返り、凛音は慌ててその場をとりなした。

「え〜っと、みんなで仲良くしようよ。な、トワ」

「もう、しかたないから、パパにはこれをあげる」

トワが通園鞄から折り紙らしきものを取り出す。それはハートの形をしていた。

「おくむらくん、しらないの？　せんせーがいってたよ。あしたはねーハートをプレゼントする日なんだって」

トワが言おうとしていることにピンとくる。

「ああ、そっか、明日はバレンタインデーだ」

凛音が言い当てると、トワは得意げに胸をそらした。

「それでね、おくむらくんにはこれをあげる」

そう言い、通園鞄からもう一個のハート型の折り紙を取り出し、凛音に渡してくれる。

大きさはそれぞれ異なり、雅人に渡したものの方が一回り以上大きい。

「パパの方が大きいのはなんで？」

ちょっとだけ悔しさをにじませつつ、わざと拗ねた口調で問いかけてみた。

「だって、やきもちしちゃうでしょう？　パパ。トワからもらってうれしいでしょ？　これでまんぞくだもん。おむこさんダメっていわないよね」

またも大人びた回答がかえってきて、凛音は思わず雅人と顔を見合わせ、噴き出す。

「娘の初恋を奪われる父親をあわれんでくれたってことかな」

　雅人はそう言い、バツがわるそうに髪をかき上げる。

「なんだかんだいって、パパが一番なんだよなぁ。トワは。俺もやきもち妬いていい？」

　凛音はわざとトワを煽った。

　すると、トワはまんざらでもなさそうに頬をピンク色に染めた。

「ええーじゃあ、トワ、おくむらくんにもっとおおきいハートつくってあげるから、それでゆるしてよね」

「うんうん」

　お互いがそれぞれにやきもちを妬いて、勘違いしているらしい。雅人の想いが嬉しいし、トワのいじらしさが愛おしくて、胸の奥がくすぐったくてたまらない。

「あしたは、みんなでバレンタインチョコを作ろうか」

　凛音が提案すると、トワは瞳を輝かせたが、すぐに曇ってしまった。

「チョコは嫌い？」

「だって、チョコは、むしばになるからいけないんだよ。ねえ、パパ」

　ああ、なるほど……と凛音は思った。なんだかんだ言っても言いつけを守るのだから、いい子なのだ。

雅人はくすくすと笑う。

「ちゃんと歯磨きすれば大丈夫。明日はハートをあげる日だから特別だよ」

「ほんとう？」

トワは瞳をきらきらと輝かせた。

「ああ」

雅人は頷いて、トワの頭を優しく撫でた。

「ありがとう、パパ。ねえ、おくむらくん。たのしみだよね！」

繋いだ手をぶんぶんと振りながら、トワが必死にアピールする。

「うん。楽しみだね」

「ハートのチョコ、たっくさんつくろうね、パパ、おくむらくん」

「そうだな」と雅人が返事をするのに合わせ、凛音も頷く。

「うんうん、作ろうね」

トワはやっと大満足の笑顔だ。そんな愛しい彼女を見つめながら、凛音は思う。

「……そのうち、ボーイフレンドの◯◯くんに作るの～とか言い出すんだろうな」

呟くと、雅人もげんなりした顔をした。

「それ、言わないでよ、凛音くん」

「俺もいやですよ。でも、トワにしてみれば、父親が二人いるような状況で、大変そう」

「まあ、そうなったら、君と僕でよろしくしていればいいんじゃない？」

悪戯っぽい視線を受けて、凜音は条件反射的に頬を赤らめる。

「そ、そんなこと言ってると、今度はまたトワが……やきもち妬いちゃいますよ」

「じゃあ、今のうちに」

と言って、雅人はこっそり凜音の唇を奪った。

「……！」

「誰も見てないの確かめたから、大丈夫だよ」

（さらっとやってのけるんだ、いつもこの人は……）

将来がどうかなんてわからない。考えなくてはいけないことが山ほどあるだろう。けれど、雅人とトワが、こうしてようやく気持ちを繋げることができるようになってきたのだ。これからも自分たちのペースで、幸せになれるように絆を紡いでいきたいと思う。

『娘』のトワが一生懸命作ってくれたふぞろいなハートを抱えながら、凜音は雅人とトワを交互に見つめた。

こうして凜音は出会ったときと同じように桐谷家の親子に色々と振り回されているわけだが、それが実は今の凜音にとって何より楽しい日常なのだ。

並んで歩く三人の影は、今日も仲良くスイートホームに帰ってゆく。
明日はもっといい日になる。そんなふうに幸せを噛みしめながら——。

END

# あとがき

こんにちは。森崎結月《もりさきゆづき》です。このたびは『ヘタレ社長と豪邸ちびっこモデル付き』をお手にとっていただき、ありがとうございました！

森崎結月の著書は本作で四作目になります。セシル文庫では一作目の『不器用な子育て恋愛』に引き続き、子育てものを書かせていただきました。

一作目のほのぼのプラス切ない純愛に対し、こちらはけっこう明るいラブコメ仕様になったと思うのですが、いかがでしたでしょうか。そして、かわいいお子様ですが、今回は女の子の方にしてみました！

ある日ファッション雑誌を眺めていたら、美人親子モデルのツーショットがあって、これはいい！　と閃《ひらめ》いたのがきっかけです。

受に女装モデルをさせたら可愛いかもしれない。さらに子役モデルの女の子を抱っこしている構図はぜったいにかわいいだろうと！　実際に書いてみたら、やっぱりかわいくて、ニヤニヤしながら執筆していました。

そして攻はというと、仕事はできる男なのにヘタレな社長というところが個人的にツボなところです。そんなヘタレな社長さんに対し、ツンデレな受が一生懸命がんばってくれたので(!)とても楽しく執筆することができました。

この頃は『ギャップ萌え』というものに嵌《は》まっていまして、めちゃくちゃ冷たそうでSっぽいのに実はヘタレだったり甘えたがりだったり、めちゃくちゃ見た目が可憐でか弱そうなのに実はすごく逞しくて強かったり。その揺れ幅にドキドキ&キュンキュンしています。

そんなわけで今作も見た目的にも中身的にもギャップのある人たちを描いてみることにしました。次回もなんらかのギャップ萌え要素を入れられたらいいなぁ！　なんて思っています。皆さんのギャップ萌えもどんなものがあるのか聞いてみたいです。

ところで、今回あとがきのページをたくさんもらったのですが、5P《ページ》ってけっこう多いですね(驚愕)。いつもだいたい2P《ページ》って言われることが多いので戸惑っています。まだまだスペースがあるけれど、何を書いたらいいのかわかりません。暴走していいなら趣味の話に走りますが(笑)よいでしょうか？

はい、では余談に入ります。嵌まっているものといえば、最近は二次元アイドルの曲がハイクオリティでかっこいいですね。アプリに乙女ゲーに追いかける方も忙しい。しかもプロデューサーや楽曲を提供するアーティストさんが豪華ですもんね。ビジュアルも美しいし、これだけ至れり尽くせりの世の中になると、リアル恋愛が面倒くさいという人が増えているというニュース記事にも納得せずにはいられないですね。

グッズに関してもお洒落《しゃれ》でかわいいものが多くて、コレというものが目に入るとロックオンしちゃいます。底なし沼に沈まない程度に楽しまないとお財布の紐が緩みっぱなしで危険です！

そうだ。今作は芸能プロダクションの社長が出てきましたので、プロダクション所属のイケメンアイドル同士がひょんなことから子育て同棲するとかどうですか？　秘密もありドタバタもあり楽しめそうですよね!?（こんなところでプロットの相談をしてどうするんだ……！　でも、面白そうなので、担当さんがOKしてくれたら書きますよ！）

さてさて、本題に戻りまして。今作のイラストは蘭蒼史《あららぎそうし》先生に担当していただきました。女の子と受の可愛さにキュンとしつつ、ヘタレ社長の憎めない感じにくすっと笑いながら、幸せな気持ちをいただきました。蘭蒼史先生、このたびは素敵なイラストをありがとうございました。すっかり目の保養になっています。

また、セシル文庫の担当者様、本作もお世話になりました。今後ともどうかご指導の程よろしくお願いします。本著の発行にあたって関わってくださった関係者の皆々様、大変お世話になりました。本を置いてくださっている書店さま、ありがとうございます！
そして、この本を読んでくださった読者の皆さんに、最大級の感謝を。長々とあとがきの最後までお付き合いいただきありがとうございました。またぜひ近い日にお会いできるように願っています！

締めの挨拶をしても、まだスペースがある（！）ので、せっかくなので、ご案内したいと思います。

細々とブログとツイッターやっています！

私はジャンルごとに名義がありまして（コンセプトごとといえばよいでしょうか）、他のジャンルに比べ、森崎結月のＢＬ作品についてはゆっくり一年に一冊、二冊書けたらいいなというかなりのマイペースなので、ほとんど神出鬼没《しんしゅつきぼつ》状態なのですが、それでもたまーにフェアの情報だったり新刊のネタや日記を書いていています。サイン企画なんかもたまに書かせていただいていますので、どうかもらってやってくださいませー。

よかったらお暇なときにでも見つけてください。

☆森崎結月オフィシャルブログ　http://blog.goo.ne.jp/yuzukinomori
☆ツイッター　@yuzukinomori　https://twitter.com/yuzukinomori

森崎結月

セシル文庫をお買い上げいただき、ありがとうございます。
この本を読んでのご意見・ご感想・ファンレターをお待ちしております。

☆あて先☆
〒154-0002　東京都世田谷区下馬6-15-4
コスミック出版　セシル編集部
「森崎結月先生」「蘭蒼史先生」または「感想」「お問い合わせ」係
→Eメールでも OK!　cecil@cosmicpub.jp

セシル文庫

# ヘタレ社長《しやちよう》と豪邸《ごうてい》ちびっこモデル付《つ》き

【著者】　森崎結月《もりさきゆづき》
【発行人】　杉原葉子
【発行】　株式会社コスミック出版
〒154-0002　東京都世田谷区下馬 6-15-4
【お問い合わせ】　- 営業部 -　TEL 03(5432)7084　FAX 03(5432)7088
- 編集部 -　TEL 03(5432)7086　FAX 03(5432)7090
【ホームページ】　http://www.cosmicpub.com/
【振替口座】　00110-8-611382
【印刷／製本】　中央精版印刷株式会社

乱丁・落丁本は、小社へ直接お送り下さい。郵送料小社負担にてお取り替え致します。
定価はカバーに表示してあります。